ラノベのなかの現代日本

ポップ／ぼっち／ノスタルジア

波戸岡景太

講談社現代新書

2213

目次

序章　ラノベを知らない大人たちへ

ラノベという名の「断絶」

ラノベ、という文芸ジャンルがある。正式名称は、ライトノベル。従来の文芸作品全般を「ヘビー」なものと考え、質量ともに「ライト」であることを追求した小説群のことを指す。読者層は主に中高生とされている。しかし、すでに『涼宮《すずみや》ハルヒの憂鬱』のような記念碑的作品の発表が二〇〇三年（平成十五年）のことだから、平成生まれの世代は、そのほとんどが、何らかのかたちでラノベの影響下に（あるいは、ラノベを意識せざるを得ない状況下に）育ってきたと言えるだろう。

だが一方で、昭和生まれの世代のほとんどにとって、ラノベはある日突然に降ってわいた「よく分からないジャンル」である。上述した「涼宮ハルヒ」にしても、彼女のキャラクターデザインぐらいは目にすることがあっても、実際に文庫本を手にし、あまつさえページを繰ってみた「大人」がどれくらいいるだろうか。

つまり、ラノベという文芸ジャンルは、現代日本におけるひとつの「断絶」を意味している。この断絶は、かつてはマンガやアニメによって象徴されていたものだった。しかし、たとえば『ＯＮＥ　ＰＩＥＣＥ』のような少年マンガは、そのターゲットを全世代に向けているし、『崖の上のポニョ』のような劇場公開アニメは、ディズニー社と手をとりあって全世界をターゲットにしている。そうした中で、あくまでも「小説」としてのラノベを考えるとき、そのターゲットはあまりに限定的だ。なによりも致命的であるのは、ラノベが若者向けの日本語で書かれている、という至極明快な事実である。

確かに、ラノベの翻訳は世界各国で盛んだ。ラノベの特徴である、登場人物たちをアニメキャラクターのように描いたイラストの存在も、その勢いを後押ししている。それでも、セリフを訳したり吹き替えたりするだけで視覚情報そのものはダイレクトに伝えられるマンガやアニメと異なり、小説の翻訳というものは、内容いかんにかかわらず、いつでも作り手と受け手の双方に負担を強いる。ましてや、ラノベのテキストに書き込まれているのは、日本の中高生がちょっとだけ背伸びしてほくそ笑みたくなるようなスラングであり、世界観である。「ぼっち」、「ジト目」、「リア充爆発しろ」……。職業柄、日常的に日本やアメリカの若者スラングに触れている私であっても、正直、これらをどう翻訳してよいものやら見当もつかない。「マジでハンパない」を略した「まじぱない」という言葉など、初めて目にしたときはイントネーションすら想像できなかった。

つまり、ラノベという「日本語で書かれた小説」は、若者たちにとっての「現代日本」

を題材とし、彼らにとっての「現代日本」そのものを主題としている。

もちろん、ラノベというものは、ＳＦやファンタジーやラブコメといった多彩な既存のジャンルを取り込んだ読みものの総称であるため、一見したところ、日本とは無関係な非日常空間を描いたものも少なくない。だが、そうした非日常空間であっても、「本格的であること＝ヘビーであること」を回避することを宿命づけられたラノベは、その「軽さ」――この場合、それは「気軽さ」と置き換えてもいいかもしれない――を保つために、いやおうなく、書き手と読み手の間で有効に機能する「現代日本」のイメージを志向してしまうのだ。


あるいは、こうしたラノベの中の現代史観を大真面目に論じることそれ自体、大の大人のすることではないのかもしれない。なにしろ、そうした手間を省くことこそが、「ライト」であることの最大の目的とされているのだから。

それでも、「ライト」であることが、書き手と読み手のコミュニケーション効率を向上させるための「軽快さ」を意味している場合、ラノベのテキストが共通言語のように抱えている「現代日本」の姿を知ることは、やはり重要だと思われる。なぜなら、そこで得られるのは、昭和が青春だった世代と、平成の世に学生時代を過ごした世代のあいだに横たわる、「現代日本の断絶」を乗り越えるための教養であるからだ。

ちなみに、本書が想定する「現代」とは、一九六〇年代から二〇一〇年代までの半世紀強である。具体的には、性の解放、語りの実験、農村と都会、日本とアメリカ、ポップとオタク、オウムとテロ、震災と原発——。これらの事象をめぐって、作家たちは、ジャンルを問わずにそれぞれの立場から「新たなる現代」のビジョンを提示し、そして物語化してきた。文化的にも政治的にも、この「新たなる現代」という時代感覚は、「近現代＝モダン」の「後＝ポスト」という意味で、「ポストモダン」とも呼ばれてきたけれど、本書が考える「現代日本の断絶」とは、次に見るように、もう少し身近で経験的なものだ。

ラノベがあぶりだす旧世代のノスタルジア

ラノベに描かれた限定的な「現代」を、より広義の「現代」にぶつけてみるとき、そこにあぶりだされてくるのは、旧世代の側に立つ者たちのノスタルジア（ノスタルジー、郷愁）である。四方田犬彦《よもたいぬひこ》は、世代とノスタルジアの密接な関係について、次のように述べている。

あらゆる世代は自分たちが若かったころに生じた社会的事件とその反響を契機として形成されるが、そこでもアイデンティティを決定するさいにはたらくのは、ノスタルジアによって導きだされる帰属感に他ならない。

（「帰郷の苦悶」）

いまどきの若者の書いた小説を読み、「俺たちの若いときはこんなんじゃなかった」と口にしてしまう――まさにその刹那《せつな》、読者はみずからが属すべき「世代」なるものを創出する。このとき、ひとつの小説を媒介として、現代日本という時空間は、じつにあっけなく新旧ふたつの世代へと分裂を始めてしまう。しかしながら、そのどちらが本物の「現代日本」であるかと問われても、即断できる人はそう多くないだろう。

異なった世代の世界観を受けいれる際には――ことに、問題の本質が使用される言語や物語の違いにあるときには、旧世代の側の人間には「恐れ」にも似た拒絶反応が伴う。こうした感覚を、ライトノベル畑出身であるベストセラー作家の有川浩《ありかわひろ》は、工事現場の作業員の口を借りて、わかりやすく解説してくれている。

「この年になるとな、新しいもんや訳の分からんもんが恐いって気持ちになることがあるんだ。自分に分からんもんがどんどん世間様で当たり前みたいに広がっていく。置いてかれるみたいでジリジリすんだよ。〔……〕ネットとかブログとかになるともう駄目だ。ウイルスつったらインフルエンザしか知らねえ。掲示板つったら駅の掲示板だよ俺らは。もう世間様は俺らの知らねえコトバで知らねえところで動いてんだなと思うとこう、不安になるんだよ。そしたらもう、それは俺には関係ない世界の話だって見ないようにして生きてくしかねえんだよ。〔……〕」

（『フリーター、家を買う。』）

「俺らの知らねえコトバ」というのは、ここに挙げられた「ネットとかブログ」という言葉に限らず、ライトノベルを構成するほとんどの言葉が、その候補に挙げられるだろう。有川自身は、そうした旧世代の「ジリジリする感覚」を、まさしく「俺らの知っているコトバ」によって描きだす才能を持つがゆえに、すでに「ラノベ」という一ジャンルに限定されない活躍をみせている。還暦を迎えた男たちを主人公にする『三匹のおっさん』（二〇〇九年）などは、そうした有川ワールドの好例であり、互いに歩み寄る「大人」と「子ども」の姿が、爽やかな読後感をもたらす。そこでは、ほとんどすべての世代が疲れを感じながらも健全であり、まっとうな人生を送ろうとしている。

有川の名を一躍世に知らしめた『図書館戦争』（二〇〇六年）もまた、ラノベ的な言語空間を「一般文芸」のそれへと接続したという点において評価されるべき作品だ。そこでは「昭和」の後に始まった「正化」という架空の現代日本が舞台とされ、メディア規制とそれへの攻防が、ＩＴ関連用語をできるだけ用いることなく、紙書籍の流通をめぐっての戦争という、きわめて二十世紀的なコトバによって物語られる。

だが、「ライトノベル」という文芸ジャンルが、あくまでも「一般文芸」とは別枠に設けられているのは、それがやはり、二十一世紀的なコトバによってつづられているからだ。だから、ラノベを読むときに、あなたの脳裏にちらりとでも「これは俺らの知らねえコトバだ」という思いがよぎったのならば、そして、その事実に「ジリジリ」してしまうのだとしたら、今世紀において、あなたは立派な旧世代の一員——すなわち、「大人」であると言えるだろう。

ラノベを知らない大人たちへ

本書は、基本的に、ラノベを読まない（あるいは読みたくない）「大人」のために書かれている。ラノベというタームが流行っていることは知っているし、その背後に何か大きな文化的潮流があることも知っている、でも、ラノベ的であると思《おぼ》しきものは、どれもこれも苦手だ――。

正直、かつての私もそうだった。一九七七年（昭和五十二年）生まれの私が言う「かつて」とは、二十代半ばのことで、当時の私はまだ大学院生だった。実験的な現代文学を専門とし、それに関する学会論文を書いていたあの頃の私は、自分と同世代のクリエーターたちがラノベ業界の中心的存在であることを知りつつも、今まさに説明したような、ラノベ的であることから限りなく遠い「大人」であろうとしていた。

だが、やがて大学教員となり、あらためて十八、九の学生たちと話をしているうちに、文学的にも文化史的にも、研究者としての自分の問題意識に近しいものが、ラノベという文芸ジャンルの核心に眠っていることに気が付くようになった。

東《あずま》浩紀《ひろき》の快著『ゲーム的リアリズムの誕生――動物化するポストモダン2』（二〇〇七年）が刊行されたのは、まさにそのような時期だった。『涼宮ハルヒの憂鬱』の評価はもとより、ラノベの世界を理解するために必要な「美少女ゲーム」（複数の女性キャラを「攻略」することを目的としたゲーム）の文化的読解など、「知らない（でいようと思っていた）世界」への扉が、そこに開かれているように思えた。

じっさい、東氏の語るラノベ的世界は、とても興味深かった。説得力もある。でも、私はその「扉」の向こうには行けなかった。いうなれば、その敷居を片足またいだ格好のままで、あくまでも「小説」としてラノベを読み続けた。そうしているうちに、じつは多くの人々が――たとえ高校卒業したてのラノベ好き男子学生であっても――、「ラノベとはそうやって読むものである」と心に決めているということに気づきはじめた。ラノベが読みたい、というよりも、ついラノベを読んでしまっている、という態度。ラノベばかりではダメな気もするけれど、ラノベも一応「小説」なんだ、と自分に言い聞かせている感じ。さらには、アニメ化したラノベは「アニメ」という大きなジャンルに属すものであり、劇場版が公開されれば、それは「映画」なのだ、という言い訳めいた感覚……。はたして、こうしたどこか煮え切らない「ラノベ読者」の有りようは、ラノベの中の登場人物にもしっかりと反映されていた。

「ところで剣豪さん、好きな映画ってなんです？」

「……むぅ、そうだな。『魔法――」

「おっと、アニメ以外で」

「ぬお⁉」

アニメを封じられた瞬間、材木座〔引用者註・主人公の友達の名。「剣豪さん」は彼の通称〕は押し黙ってしまう。ほほう、いい感じにやりこめられているな。……でも、俺もアニメ封じられたら特にないんだよな。〔……〕

「ほら、やっぱ言えないんだよな。じゃあ、好きな小説は？」

「……ふむぅ、最近なら『俺の彼――」

「ラノベ以外で」

「あうふ！」

急に止められたせいで材木座が盛大に舌を嚙んだ。大仰に仰《の》け反《ぞ》り、天井を見つめたまま首が返ってこない。いい具合のアッパーを食らったときみたいだ。

〔……〕

「結局さ、あんた、偽物なんだよ。エンターテイメントの本質もわかってないし。

「……」

（渡航《わたりわたる》『やはり俺の青春ラブコメはまちがっている。』）

ラノベ、アニメ、PCゲーム。それらはいずれも、「エンターテイメントの本質」には遠く及ばない。繰り返しになるが、そうした「本質」こそが「ヘビー」であると切って捨て、みずからを「偽物」という軽さに貶《おとし》めたのがラノベであるのだから、それを読むものの心に、そうした「本物」への後ろめたさが皆無といえば嘘になる。

だが、そんな「偽物」たちの市場も、競争が過熱するにしたがって、いつかどこかで「本物」を凌《しの》ぐ力を持った作品が登場するに違いない。そのような期待値によっても、ラノベ市場は成長を続けている。だからこそ、多くのラノベ読者は、文字通りに世代を越えて、こちらとあちらの敷居の上に座り込み、黙々と作品を消費し続けている。

そして本書は、主に二〇〇〇年代後半から現在にかけて発表された、「ハルヒ世代」および「ポスト・ハルヒ」のラノベ作品に共通して浮かび上がる「日本」のイメージを、やはり世代を越えて、できるかぎり前向きに検証してみたいと思う。まちがっても、ラノベの世界に現代日本の病理を読み取る、というようなことはしない。なにしろ、あなたにとっての「現代日本」と、私にとっての「現代日本」と、そして、彼や彼女にとっての「現代日本」とは、いずれもよく似てぜんぜん違うものだからだ。

第一章　ポップかライトか

「正しい軽さ」と「正しくない軽さ」

ライトノベルとは、軽さを志向する小説の総称だ。だが、なぜ「ライト」なのか。平坂読《ひらさかよみ》のメタ・ラノベ作品『ラノベ部』(二〇〇八-〇九年)では、主人公の女の子がこんな自問をしている。

ノベル――novelというのは「小説」だろう。
ライトは?
Write novel――小説を書きなさい。
Right novel――正しい小説。
Light novel――軽い小説。
正しいよりは軽い方が好きだなと文香は思う。
正しいのは、なんとなく押しつけがましい感じがする。

正しいより、軽い方が好き――。

かねてより、若者文化の軽さと言えば、「ポップであること」と同義であった。大衆的、あるいは通俗という意味の「ポピュラー」をつづめて「ポップ」。ポップな文化においては、権威はコケにされ、ヒーローは大衆と愛を分かちあうとされた。けれども、これから論じるように、ラノベという現代日本の若者文化は、半世紀ほど前に米国より輸入された、いわば「正しい軽さ」とでも呼ぶべきポップとは、すでに遠く離れた地点に成立している。

二〇〇〇年代後半から、ラノベの特徴は、ますます「ポップ」から距離を置くものとなった。ラノベは確かに「大衆小説」の一形態であるはずなのに、そこでは、ポップの基本単位となる「大衆」というものが忌避される。身軽でありたいと願う彼らは、基本的に孤独であり、ひとりぼっちだ。ハルヒ以後のラノベにおいて、このような状態は「ぼっち」と呼ばれる。

ぼっちというのは永世中立国のようなもんだ。そこに存在しないことで波風を立てず、トラブルに巻き込まれることもない。世界がもし百人のぼっちだったら戦争も差別もなくなるに違いない。おい、そろそろ俺にノーベル平和賞くれよ。

序章でも引用した、渡航《わたりわたる》によるラノベ『やはり俺の青春ラブコメはまちがっている。』（二〇一一年－）からの一節である。ここに書かれた「ぼっち」は、もはや「いじめ」の対象にすらされていない。主人公の比企谷八幡《ひきがやはちまん》は、クラスメイトの序列やグループ分けに精通していても、自分自身はクラスメイトに名前すら認知されていないという男子高校生だ。彼は、そうした「ぼっち」としての自分をときに嘆き、ときにプライドに転化しながら、物語ではその特異な立場を逆手にとって、まるで必殺仕事人のような活躍を見せることとなる。

人の粗《あら》探しをすることは同時に自分の粗を晒すことでもある。コミュニティ内ではわりとリスキーな行為だ。

「……」

となれば、誰がやるかだが。まぁ、そんなのは決まってる。

「俺がやるよ。別にクラスでどう思われようと気にならんし」

そう俺が言うと雪ノ下はちらっと俺を見た。そして、くすっと微笑んだ。

「……あまり期待せずに待ってるわ」

「任せろ。人の粗探しは俺の百八の特技の一つだ」

ほかにどんな特技があるかと言うと「あやとり」とか。俺はの○太君かよ。

「ちょ、ちょっと！　あたしもやるよ！　そ、その、ヒッキーに任せてなんておけないし！」

由比ヶ浜は顔を赤くして語尾をもにょらせながらも、次の瞬間には拳をぎゅっと握った。


（『やはり俺の青春ラブコメはまちがっている。』）

一九八七年生まれの渡が描く「ぼっち」とは、たとえば、遂にドラえもんがやってこなかった「その後の野比のび太」を想像してみるといいかもしれない。高校生となったのび太のまわりには、それぞれの経験を積み重ねてきた、さまざまなタイプのしずかちゃんが現れる。右の引用ならば、つねに学年トップの成績を誇る「類《たぐ》い稀なる優れた容姿」の雪《ゆき》ノ《の》下雪乃《したゆきの》や、「今時のジョシコウセイって感じ」の由比ヶ浜結衣《ゆいがはまゆい》のように、それぞれにタイプのことなるヒロインが登場し、それぞれの方法で主人公である「フツーの男子」に密かな好意を寄せていくのだ。

「ぼっち」と呼ばれるラノベ世代のアンチ・ヒーローが生きる、「間違ったラブコメ」の世界。それは明らかに、「ポップ」とは対極に位置している。

平成に生きる「のび太」たち

二〇〇七年にデビューした入間人間《いるまひとま》は、その名も『ぼっちーズ』(二〇一〇年)という作品で、大学生になっても、ついにのび太のままであった「ぼっち」の姿を描いている。

この大学には食事を提供する箇所が点在している。大小問わず、別のキャンパスまで数えれば十は下らないだろう。だけど僕のようなぼっちが顔を出せる場所となると限られてくる。

世界は随所、スネ夫仕様なのだ。『悪いなのび太、これは三人用なんだ』ってね。

「『独りぼっち』のぼっちは、『墓地』に通ずる」とつぶやく入間の主人公にとって、世界を牛耳るスネ夫たちは、必ずしもみずからの敵というわけではない。そうではなく、彼らと「ぼっち」を差別化しているのは、そのコミュニケーション能力の違いである。だから、ラノベ世代の「ぼっち」たちにとって、スネ夫やジャイアンのような「いじめっ子」は、実体をもって現れることがほとんどない。「ぼっち」たちは、「いじめられている」という被害意識を持たないばかりか、世界に参加できないことで自分を卑下したりもしない。気がつけば、なぜか自分はのび太であり、世界はなぜかスネ夫仕様であったという諦め。それは、旧世代には不可解なプライドとして、ラノベの世界の主人公に共有される。

こうした「ぼっち」の在り方は、一九九〇年代半ばに大衆化したオタクとも、決定的な違いをもっている。たとえば、バブル経済崩壊後の日本において、オタク文化を「ネオ・ポップ」、あるいは、「スーパーフラット」の名のもとに世界に紹介した、村上隆《たかし》というアーティストがいる。村上にとっての「おたく」とは、「卑下した自身を起点にした徹底した自己言及を繰り返すこと」を特性とし、「同一話題では友情を育める」が「同一の趣味的な範疇からはずれる者に対しては極度に排他的」な存在を意味している（「窓に地球」『リトルボーイ——爆発する日本のサブカルチャー・アート』所収）。

だが、自己卑下もせず、自己言及もほどほどの「ぼっち」たちは、自分たちが「ぼっちであるということ」のみを通じて友情を育み、互いの趣味には立ち入ることをしない。だから、入間の考える「ぼっち」などは、たとえ複数になっても「ぼっち」のままだ。

……ぼっちーズ、とか。

おいおい、複数形なのに、どこまでいってもぼっちですか。

そこばっかりは覆せないからな。誰かと一緒にいても、自分は変わらない。

（『ぼっちーズ』）

自分は変わらない、という「ぼっち」の一言に、オタク的な自己卑下はない。彼らは明らかに、のび太のままに成長してしまった自分を嘆いてはいない。

オタク以前の日本に暮らしていた昭和版のび太と、オタク以後の日本に暮らす、ラノベ世代ののび太。両者の違いをより明らかにするため、あらためて、村上隆の作品を中心とした展覧会、《リトルボーイ――爆発する日本のサブカルチャー・アート》展のカタログを繙《ひもと》いてみよう。そこでは、昭和のサブカルチャーの代表格である『ドラえもん』のために一項目が割《さ》かれ、次のような解説が付されている。

落ちこぼれで世話のやけるのび太は憎めないキャラクターだ。小心で毎回失敗を繰り返すのび太に戦後日本人の姿をダブらせてみるのも面白い。何かあると親友でもあり保護者でもあるドラえもんに泣きつくのび太。いじめられっ子特有の屈折した権力志向が見え隠れすることもあるが、根は優しい心の持ち主。そして、時に反省し、明るく前向きに生きようとする姿、日本人であれば誰もが心の中には、のび太が生きているのではないだろうか。

ここで行われているのは、「いじめられっ子」であった昭和版のび太少年を、「戦後日本人」に重ねてみるといった思考実験だ。その実験が意味をなすならば、昨今のライトノベルに描かれた、「いじめ」の対象外へとみずからを置くことに成功した平成版のび太の姿とは、親友も保護者もいじめっ子もいない世界にあって、ただ「ぼっち」の複数形としての友情を育むばかりの青年である。

もちろん、ライトノベルの描く「のび太＝ぼっち」にも、権力志向は根強くある。世界がスネ夫たちで回っているといった「ぼっち」たちの諦観の裏には、スネ夫たちが謳歌する「リアル」はまやかしに過ぎないという確信がある。

仮に失敗することが青春の証であるのなら、友達作りに失敗した人間もまた青春ど真ん中でなければおかしいではないか。しかし、彼らはそれを認めないだろう。

なんのことはない。すべて彼らのご都合主義でしかない。

なら、それは欺瞞だろう。嘘も欺瞞も秘密も詐術も糾弾されるべきものだ。

彼らは悪だ。

ということは、逆説的に青春を謳歌していない者のほうが正しく真の正義である。

結論を言おう。

リア充爆発しろ。

(『やはり俺の青春ラブコメはまちがっている。』)

「非ぼっち」である他者たちが、そのコミュニケーション能力により充実させているリアル・ライフ。それを「リア充」と呼んで軽蔑する「ぼっち」たちは、ときに彼らを見下すだけの学力を身に着け、あるいは個人競技に力を注ぎ、彼らの幻影のようなリアルとは異なる、数字的に証明されるような「現実」における覇権を握ろうとする。

平坂読の人気シリーズ『僕は友達が少ない』（二〇〇九年－）を例にとると、その登場人物に、三日月夜空《みかづきよぞら》という、頭脳明晰にして容姿端麗な女子がいる。普通の物語ならば、文句なしにヒロインの座を獲得するはずの彼女も、人とうまく付き合うというスキルが限りなくゼロに近い「ぼっち」であるため、自分の大切なものを守ろうとする際には、校則であるとか教科書的な正解であるとか、とかく絶対的な権威に寄り掛かろうとしてしまう。

そして、こんな、いささか問題ありな彼女もまた、リアルな生活が充実している「リア充」を大の苦手とする。なかでも、彼女自身の権力志向が端からくじかれてしまうような真のリア充は「リア王」と呼ばれ、その圧倒的な存在感の前に、夜空はたちまち小さな存在となってしまうのだった。

「……日高日向《ひだかひゅうが》、三年生。圧倒的な人望で去年から二年連続で生徒会長を務めている。スポーツ万能で数多くの運動部に助っ人として引っ張りだこ。面倒見がとてもよく、多忙でありながら助っ人を頼まれて断ることはほとんどないと聞く。当然、後輩からも同級生からも慕われている」

「めちゃくちゃいい人っぽいな！　ていうかもう聖人って呼んでもいいレベルじゃねえ

か」

夜空は頷く。

「ああその通りだ。〔……〕日高日向こそが唯一無二のリア充界の頂点――いわば『リア王』の名に相応しいと言えるだろう」

「『リア王』……ってたしかそういうタイトルの話がなかったっけ？」

すると夜空は「ん」と小さく頷き、淡々と説明する。

「シェイクスピアの四大悲劇の一つだ。年老いた王が、自分を愛して欲しかった者たちに裏切られ、流浪の果て、幾多の悲劇を引き起こした末に自らも哀れな最期を遂げる物語。主人公のリアをはじめ登場人物だいたいみんな死ぬ」

「めちゃくちゃ陰湿なネーミングですね！」

（『僕は友達が少ない』）

ここで注意すべきは、たとえ日高日向という「リア王」を前にしても、夜空は、自分のことを「落ちこぼれ」だとは考えていないということだ。これこそは、勉強やスポーツができない、いじめられっ子であるが故に主人公となり得た、昭和版のび太との大きな違いである。昭和版のび太は、誰の目にも「落ちこぼれ」と映ったからこそ、大衆に愛された。だが、ラノベ世代の「ぼっち」は、そうした憐《あわれ》みにも似た、大衆の眼差しそのものを敵視するのである。

オタクと「大衆」

生身のアイドルから二次元のキャラクターに至るまで、ポップ・アイコンと呼ばれる存在は、マス・コミュニケーションの受け手として想像される「大衆」（マス）を必要とする。一方で、半ば強制的に大衆の構成員とみなされてしまう私たち個々人は、主に消費という個人的な営みによって、自分はポップ・アイコンの取捨選択を行っているのだ、という幻想を生きようとしている——。

さしあたって、ポップ・カルチャーとマスの関係性をそんな風に捉えてみるならば、オタク文化というものも、とりたてて珍しいものではないということが分かる。たとえば、『オタクはすでに死んでいる』（二〇〇八年）の中で、「オタキング」こと、一九五八年生まれの岡田斗司夫《としお》は、一九九〇年代半ばにおいて彼自身が抱いていた「オタク像」を次のように説明している。

マンガやアニメやゲームが好きなところは、ただ単に表面層にすぎません。ミリタリーが好き、モデルガンが好きという人を含めて、何が好きかというのは表面の第一層にすぎない。その底の層に、全員共通している何かがある。

それが何かといえば、「自分が好きなものは自分で決める」という強烈な意志と知性の表れだと考えています。

岡田はこのように、「オタク」という概念を、「自分が好きなものは自分で決める（し、決めることができるはずだ）」という、高度資本主義社会における能動的な消費者の理想像として、きわめてナルシシスティックに定義している。岡田の意見を、さらに追いかけてみよう。

つまり、私が当時、宣言したものは「強いオタク／『普通』の否定」という考え方でした。オタクであることによって普通を超えるという考え方です。ニーチェは大衆への強い侮蔑感が「超人」を作る、と説きました。私の主張も同じような考えだったのかもしれません。

岡田にとって、オタクとはいわば消費者の中のエリート層であり——これはもちろん、かつて「おたく」というひらがな言葉が蔑称であったことの反動だ——、彼らは心意気として、自分たちを「大衆」の上位に位置づけてみせるのである。

しかしながら、時代が下り、一般にも「オタク文化」として認識されるような文化が成熟してくると、その文化を享受する（と想定される）人々は、もはやエリート層ではなく、一般的な消費者——「大衆」そのものとなる。岡田は、このように大衆化し、形骸化してしまった若い世代のオタクたちを、同書において「テレビに代表されるメディアが作った、特殊な『オタク』像のステレオタイプを自らなぞっているような人たち」と呼び、差別化している。

「大衆」に対する醒めた視線——『僕は友達が少ない』

かくして、オタク特有の自己卑下と排他性すらも「スタイル」の一つとして流通・消費されることとなってしまった二〇〇〇年代後半、オタクをも内包する「大衆」に対する醒めた視線として、「ぼっち」という「個」に注目が集まったことは、決して偶然ではなかった。消費社会全般に上手く適応できない「ぼっち」たちは、単に友達が少ない（あるいは、いない）のではなく、オタク仲間のような、「欲望を同じくする仲間」を求めない。現に、先述した『僕は友達が少ない』には、カラオケもケータイも苦手な高校生たちが描かれているが、彼らは、それぞれにゲームや私的な趣味を持つものの、互いの消費活動に干渉することはほとんどない。額に汗して青春する同級生を「リア充」と呼んで忌み嫌う彼らは、時にオタク的なスタイルを身にまといながらも、相手の欲望そのものには無関心を貫く。


ある日の放課後。

部室には俺、夜空、星奈、幸村、理科、小鳩、それにマリアと、隣人部メンバーが全員揃っていた。

俺は宿題、夜空は文庫本を読み、星奈はPSのギャルゲー、幸村は立っているだけ、理科はPSPで何かのゲーム、小鳩とマリアは漫画を読んでいる。

「……なんつーか、本当にただみんなで部室にいるだけって感じだよな」

ふと俺が手を止めて言う。
「べつにいつものことだろう」と本から顔も上げずに夜空。

（『僕は友達が少ない』）

このような、部活らしからぬ部活が成立するには、「ぼっち」たちなりの訳があった。主人公の羽瀬《はせ》川《がわ》小鷹《こだか》は、転校してきて一ヵ月がたつ頃「エア友達」なる空想上の友達と話をする孤独な美少女・三日月夜空に遭遇する。気まずいながらも彼女に声をかけた小鷹は、自分もまた、上手く友達を作ることができない性質であることを夜空に打ち明ける。その後、夜空は友達づくりを目的とした「隣人部」の設立を思い立ち、小鷹とともに部の運営を始めたのだったが、あろうことか、個性的な面々（主に美形女子）が次々に入部を希望し、気が付くと、部は小鷹を黒一点とした「ハーレム」のようになっていたのである。

パッとしないけれど勉強も料理もこなす草食系男子を黒一点とし、そのまわりをキャラ化した（あるいは、キャラ化しているふりをする）女子がとりかこむ。設定は恋愛ゲームを擬したラノベの王道だが、ある意味で真面目にシミュレーションゲームをなぞっていた頃のラノベと一線を画すのは、主人公の悩みどころが、「誰と恋に落ちるか」ではなく、「誰もが傷つかずにいるにはどうすべきか」にあることに変わっている点だろう。それはつまり、恋愛ごっこならぬ、友達ごっこに青春を捧げる高校生たちの物語なのだ。

第七巻までは、部員たちの恋愛感情（および友情）のもつれを、なんとなくもつれさせずにやり過ごしてきた小鷹であったが、その「ぬるま湯のように心地よい世界」は、第八巻にて崩壊の危機に直面する。本当に大事なのは、友達なのか恋人なのか。一貫してアンチ・ポップを標榜してきた黒一点の主人公に対し、今こそ万人を愛しつつ、たった一人の異性とのハッピーエンドをも同時に手に入れるのだと、ポップな旧世代の物語学は迫ってくる。

小鷹は結局、友達を選んで「ぼっち」から抜け出そうとするが、それでも、二〇〇九年のシリーズ開始より、文庫本八巻を費やして友達一人とは、なんとポップでないことか。ポップな正しさを疎《うと》ましく思い、そしてそれが疎ましいのであると声高《こわだか》に言い続けるラノベの在り方は、やはり当世風の対抗文化に他ならない。二〇一二年の段階で、すでに累計四百五十万部突破と喧伝《けんでん》された同シリーズだが、真に事件なのはその売り上げではなく、ポップへの憧れを失った若者文化の、確かな地殻変動の方にあると言えるのだ。

第二章　ジャパニーズ・ポップの隆盛と終焉

ライトとポップの連続性

では、より広い文化史的観点に立ったとき、ライトであることは、ポップであることとどのように違うのか。あるいは、両者のあいだには、何かしらの連続性があるのだろうか。

ポップと聞いて、まっさきに思い浮かぶのは、アメリカのアーティスト、アンディ・ウォーホルであろう。一九六〇年代を席巻したポップアートの教祖的存在であった彼は、一九八〇年に、当時を回想した『ポッピズム』という本を刊行している。そこに書かれた、ポップアートの誕生秘話に、私たちは、ライトとポップの「連続」を発見することになる。

一九六〇年代ニューヨークを起点とし、ポップという言葉は世界的に流行した。さまざまな芸術文化を指してポップという言葉は用いられたが、流行の発端にしてその中心にあり続けたのは「ポップアート」であった。

ポップアートの立て役者であるアンディ・ウォーホルは、マリリン・モンローやキャンベルスープ缶を題材にしたシルクスクリーン作品で有名だが、回想録『ポッピズム』には、ライトとポップの「連続」を示唆する次のような一節がある。引用の冒頭、アイヴァンと紹介されている男は、ウォーホルらを世に送り出した現代絵画の敏腕画商アイヴァン・カープのことだ。

アイヴァンは努めて、軽薄にならずに「ライト」であろうとした。言葉巧みな彼は、口を開けばすべてがウィットに富んだ小話のようで、聞く者たちを虜にした。成り行きまかせで直接交渉を好むアイヴァンの商談スタイルは、まさしく、ポップアート・スタイルと呼ぶべきものだった。

（筆者試訳）

ポップな作品そのものより、それらをめぐってなされるライトな商談にこそ、ポップアートの本質は見出される——。ウォーホルの回想が教えてくれるのは、「ポップであること」の前提条件として、「軽薄にならないライトさ」が必要であったということだ。

そもそも、〝light〟という形容詞は、足取りの軽さや軽やかなダンス、というように、どちらかといえば優雅な様のことを言う。では、その「軽やかさ」は、ポップの創生にいかに関わっていたのか。回想録の続きを読んでみよう。

数年たって、ようやく僕は、アイヴァンがあれほどまでに成功した理由に思い至った——おかしなことを言うようだけれど、アイヴァンにとってアートは浮気であり、だからこそ彼は成功したのだと、僕は信じている。アイヴァンが愛していたのは、むしろ文学のように思えたし、彼自身、己の気質のシリアスな側面を文学に捧げていた。六〇年代を通じて、彼は五冊の小説を書いた——これはちょっとした分量だ。人はときに、本命を相手にするよりも、浮気相手の方が首尾よくやれるということがある。きっと、大切にし過ぎると、思うように身動きがとれなくなるのだろう。それでも、もっとこうすれば自由にやれるはずだということを、みんな頭では分かっているものだ。まあ、僕の考えるところ、アイヴァンの成功の理由はそんなところだった。

文学に対する「シリアス」な側面と、アートに対する「ライト」な振る舞い。文学という「本命」に捧げた純情は重すぎて、アートという「浮気相手」とのダンスはどこまでも軽やかに続く。裏を返せば、あたかも浮気相手と遊んでいるだけのような「ライト」な振る舞いは、その大前提として、プラトニックとさえ呼べるような本命相手との「シリアス」な葛藤が必要不可欠だ、という主張になる。
アイヴァンにとって——あるいは、もはや若くはない中年のウォーホルにとって——、ポップとはあくまでもシリアスの裏側の顔であった。そして、それが裏側であることを大衆に気取《けど》らせないよう、あたかもポップが表の顔であるかのごとく振る舞う身振りを指して、八〇年代に生きようとするポップの神様は、それを、「軽薄にはならない」と釘を刺すかたちで「ライト」と呼んだ。つまり、成熟したポップにとっての「ライト」とは、後の世代に示しをつけるための「正しい軽さ」であったのだ。

村上龍とジャパニーズ・ポップ(一九七〇－八〇年代)

ポップアート全盛期の一九六〇年代半ば、いまだ小学校高学年であった作家の村上龍は、幼心に覚えたポップアートの印象を、ウォーホルと並ぶポップアーティストであるロイ・リキテンシュタインを例にして後にこう綴っている。

美術教師だった父の本棚に、アメリカン・アートという一冊があって、確か小学校の五年か六年だったと思うが、初めてリキテンシュタインの絵を見た。

ポップアートは、私の心を打つわけでも揺すぶるわけでもなく、また内部に染み入ってくるわけでもなかった。

ただ、表面に貼り付いたのである。

スタンプのように、貼り付いたのだ。


（『ポップアートのある部屋』）

この「まえがき」を収めた短編集の発表は、一九八六年。ウォーホルが他界するのは、その翌年のことだ。当然のことながら、八〇年代を駆け抜けようとしている村上龍にとって、二十年以上前にアメリカに出現したポップアートは、すでにノスタルジアの対象であった。にもかかわらず、当時三十四歳の中堅作家であった村上にしてみれば、それは単なる「なつかしさ」の対象とはなりえない「力」を秘めていた。それと言うのも、彼が「ポップ」という言葉の先に見据えていたものとは、一九七〇年代の日本における、ジャパニーズ・ポップの勃興と挫折であったからだ。同短編集の巻末に収録された、七〇年代日本のポップアート集団「WORKSHOP　MU!!」を紹介する文章「16号線のMU!!」からの一節を読んでみよう。

七〇年代の日本というのは不思議な時代だった。派手な情熱が影をうすくしていく中、色々な人が色々な所で、思いがけない事を始め、失敗していた。目だたないが、実にヘンで面白い事がそこら中に隠れていた。

日本のポップアートともいうべきものがコマーシャルな世界に突然あらわれたのもこの時代である。〔……〕懐古趣味のようでいて、そうではないセンスの良さとパワーをもった、カラフルな世界。それは、大滝詠一のアメリカン・ポップスがまるで売れなかったのと同じように、その意味を理解される事はあまりなかったが、何年間か製作され続けた。その不思議な造り手が、狭山市のジョンソン基地（今の自衛隊入間基地）周辺に工房を構えていたWORKSHOP MU!!だったわけである。

アメリカン・ポップを輸入しながらも、七〇年代の日本は、それをしっかりと消化吸収できなかった。そんな、「WORKSHOP MU!!」に代表されるジャパニーズ・ポップの勃興と挫折を横目に見ながら、若き日の村上が書き上げたのが、同じ日本にありながらアメリカそのものになってしまった空間——すなわち、米軍基地周辺の「田舎」を舞台にした、『限りなく透明に近いブルー』（一九七六年）というデビュー長編であった。日本において、本物のアメリカン・ポップは、「東京」ではなく狭山《さやま》や福生《ふっさ》という「田舎」に育った——。現役の美大生であった村上龍が発信したメッセージは、戦後の日本文化を支えていた構図に、シンプルだが強烈なひねりを加えた。すなわち、

アメリカ：日本＝東京：田舎

という図式は無効とされ、代わりに、

アメリカ：日本＝（現実に米軍基地を持つ）田舎：（アメリカに憧れる）東京

という、文化的逆転現象が、七〇年代日本においては成立していたことを、村上は主張してみせたのである。こうした東京と田舎の文化的逆転現象は、どちらがよりアメリカに近いかを競うものであり、言い換えるならば、どちらがよりアメリカの支配下にあるかを

競うものでもあった。

かくして、『限りなく透明に近いブルー』から『69 sixty nine』(一九八七年)に至るまで、村上は、米軍基地と共生する日本の「田舎」のイメージを文学的な原風景とし、現代日本の「外」にではなく、その「内」へと表層的に広がっていくアメリカの姿を描き出していった。これこそが、「内部に染み入ってくるわけでもな」く、「ただ、表面に貼り付いた」ものとして思い出された、八〇年代の日本における、村上龍的「ポップ」であり、「アメリカ」だったのである。

ジャパニーズ・ポップのその後(一九八〇–九〇年代)

だが、村上龍の「ポップ」は、一九八七年の『69 sixty nine』で頂点を極め、一九九六年の『ラブ&ポップ』とともに終わった。前者は、六〇年代の終わりに、格好重視で「造反有理《ぞうはんゆうり》」を口にするような青臭い高校生たちの青春を描き(小説の主人公ケンたちは、「想像力が権力を奪う」というスローガンに酔っていた)、後者は、バブル崩壊後の日本で、「援助交際」ごときには動じない女子高生たちの醒めた青春を描く。

ここにあるのは、本来ならば、ポップな革命とポップな援交、ただそれだけの違いであるはずだった。しかしながら、八〇年代に回想された「ポップな革命」は明るくのびやかであったが、九〇年代に観察された「ポップな援交」は、ポップという言葉そのものが退廃的な響きを帯びていた。簡単に言えば、「バカでも将来のある男子高校生」から、「アタマは良いが将来の見えない女子高生」への代替わりが、そこにあったのだ。

『ラブ&ポップ』のあとがきで、村上龍はこのことを、あらためて「アンディ・ウォーホル」を引き合いに出しながら、次のように書いている。

> 援助交際をする女子高生の取材を実際に始めた時、小説家として、今までにない深刻な危機感を持った。
>
> 彼女達が非常にまともで、あまりにも洗練されていたために、「文学の有効性」を疑ってしまったのである。
>
> 〔……〕
>
> ブランド品と援助交際を口実にして、女子高生達は他者との出会いの「可能性」に飢えている、と仮定して、アンディ・ウォーホルの作品のように書かれるべきだと思いながら、私はこの小説を書き始めた。
>
> （傍点引用者）

昭和後期、すなわち一九七〇年代半ばから八〇年代にかけて日本の若者文化に多大な影響を与えたアメリカン・ポップは、バブル崩壊という経済的な理由によって覇権を失った。ポップではないもの（革命、運動、援助交際）を、あえてポップと呼ぶことから期待される「新しさ」や「若さ」は、有効に機能しなくなった。九〇年代半ばの女子高生に、今一度、ウォーホル的な「可能性」を見出そうとした村上龍であったが、それは「文学の有効性」という言葉と同じくらいに古くさく権威づけられた、ジャパニーズ・ポップの終焉であったのだ。

「おじさん」の世代交代

二〇一一年、村上龍は自著である『ラブ&ポップ』を電子書籍化した。ジャーナリストのまつもとあつしは、村上へのインタビューで、一九九六年の渋谷を取材した同作を再読し、その感想を次のように語っている。

15年前の良くも悪くも活気あふれる渋谷の描写は、懐かしさすら感じます。もはやおじさんたちもあんなふうに、お金を持っていないし、余裕がない。〔……〕少しうがった角度からの読み方かもしれないですけど。現在と比較して、物哀しさとか、「日本も、ほんと元気なくなっちゃったな」と感じさせられました。

（「ITmedia eBook USER」）

「良くも悪くも活気あふれる渋谷」と前置きしたまつもとだが、彼の感想がいささか奇妙に思えるのは、その懐かしさの対象が、物語の主人公である当時の女子高生ではなく、彼女たちに群がった「おじさんたち」の方にあるという点だろう。

九〇年代半ばの「おじさんたち」は、二〇一〇年代の「おじさんたち」と比べて、金と余裕をもっていた――。

具体例を挙げると、『ラブ&ポップ』にはカケガワという「オヤジ」が登場する。年は「四十代の後半」ぐらいとされ、服装は「イタリア風のダブルのスーツの下にオレンジ色のポロシャツを着て、ポロシャツには外国のゴルフクラブのロゴがワンポイントで入っていた」とされる。彼は四人の女子高生とカラオケをするために十三万円を支払う。

君達もさあ、何かうたいなよ、オヤジは上着をハンガーにかけながらそう言った。ハンガーはビニールの細いパイプ製で幅が狭く、上着の両方の肩が垂れる。オヤジは上着の位置をずらしたりして何とか両端が垂れないようにするが、うまくいかない。あ、わたし持ってますよ、とオヤジの隣に坐る高森千恵子が言って、上着を受け取った。いいスーツですね、と高森千恵子が上着の表面をそっと撫《な》でながら言う。あ、アルマーニだ、へえ、わたし本物見るの、初めて。嘘だとすぐにわかりそうなものなのに、オヤジは喜んでニヤニヤしている。「……」

「あの」

高森千恵子が、黙って下を向いて屑《くず》をポロポロこぼしながら鶏の唐揚げを食べているオヤジに声をかけた。

「名前、聞いてもいいですか?」

「カケガワだよ、掛けるに川って書いてカケガワ」

「カケガワさんの本当に好きな歌をうたおうよ」

「本当に好きな歌って?」

「だから別に今風の歌じゃなくて」

「……」
カケガワという名前のオヤジは気持ち良さそうにうたっている。貴男は私の指先みつめ悲しいかいって聞いたのよ、若かったあの頃何も怖くなかった、ただ貴男のやさしさが怖かった。

「のどかな時代だったんだね」
カケガワに拍手をしながら横井奈緒が裕美の耳許で言った。こんな歌が平気でヒットしたりしてたんだからさ、いい時代だったんだよ、今こんなのばっかりだったら気分超マッハウルトラスーパーベリーバッドで死んじゃうよ。

（『ラブ&ポップ』）

この『神田川』を熱唱するカケガワは、本作執筆当時の村上龍と同世代に属している。あれから十五年を経た二〇一一年、かつての「おじさんたち」は定年を迎えつつある。そして、まつもとが一括りに現在の「おじさんたち」と言っているのは、六〇年代前後生まれの世代だろう。
はたして、こうした「おじさん」の世代交代には、どのような社会的背景があるのだろうか。単純に、かつての四十代と現在の四十代を比較するならば、そこにはバブル崩壊以後の日本経済がひたすら下降線をたどっている、という印象を持つことも可能だろう。だが、物事の文化的側面を、特にそれぞれの世代の「若者文化」という観点から考えていくならば、それは、ポップからオタク、そして「ぼっち」へと至る、現代日本像の移り変わりと密接にかかわっていることが分かってくる。

第三章　オタクの台頭と撤退

村上龍と村上隆（一九九〇－二〇〇〇年代）

一九七〇年代に誕生したジャパニーズ・ポップが、八〇年代に絶頂を極め、そしてバブル崩壊をきっかけに鳴りを潜めだした頃、そうした日本の若者文化の移行期に、ゆるやかだけれど着実に力をつけたサブカルチャーがあった。一般に「オタク」と呼ばれる文化である。一九九〇年代後半から二〇〇〇年代のアート界では、これらオタク文化の成熟に目をつけ、それらをあらためてポップ化する動きがあった。代表となるのは一九六二年生まれの村上隆だ。

アニメ的なキャラクターの等身大フィギュアを「複製」することにより、日米をはじめ、世界にウォーホル以来の衝撃をもたらした村上隆は、デビュー当初、『美術手帖』によって「ネオ・ポップ」と呼ばれ、二〇〇一年に放送されたＮＨＫの「新日曜美術館」では、奈良美智とともに、「ニューポップ」と位置づけられた。

バブル経済崩壊以後にアイコン化された「退廃的な女子高生」という存在にも大きく依拠するアニメ的なキャラクターを複製し、意味を篩《ふる》いおとし、そして記号化する。そのプロセスは、まさに本場のポップアートのそれを彷彿とさせる。だが、両者の決定的な違いは、ウォーホルの複製したモンローやキャンベルスープ缶が、曲がりなりにもアメリカ的な「希望」であったのに対し、村上隆のオタク表象は、平成の日本における「絶望」であったということだろう。

村上隆は、バブル期の日本に訪れた「ポップ」と、それ以後の現実感覚を次のように述べている。

バブル経済真っ只中80年代後半から90年代前半、日本は金を使った。温室でぶくぶくに培養された文化の中で、かつてのアメリカがPOPを発現させた時のような経済の狂乱が訪れた。フィクションよりも現実の変化の方がおもしろい。未来の予測も全くせずに、世の中に勝利したごとくの浮かれ気分。バブル経済の右上がり成長を信じ、未来を瞬間に引き寄せる蜃気楼を見た。そしてその蜃気楼が消えた時、ほっとした。そうだ現実はこんなもんだよ、と。

（「窓に地球」）

平成の世にあらわれたニューポップの特徴は、オタク文化の持つ後ろ暗い「重たさ」を隠蔽し、アニメ的なキャラクターや美少女に仮託された、表層的な「軽さ」をアートとして提示することにある。村上隆は、彼独自の表層性を「スーパーフラット」と名付けたのだが、若者たちがその言葉に共感を覚えたのは、先の引用にあった、「「バブル経済の」蜃気楼が消えた時、ほっとした」という共通の体験があったからだろう。

そして、村上隆のいう「ほっとした」という現実感は、ちょうど彼の十歳上である村上龍には、とうてい持ち得ない感覚であった。

二〇〇七年に刊行された文庫版『69 sixty nine』のあとがきで、五十代半ばに差し掛かった村上龍は、みずからと「若い人」の距離感を、次のように書いている。

1987年、日本はまさにバブルに向かってまっしぐらに突き進んでいて、社会全体に根拠のない自信が充ち、多くの国民は強い円と経済の拡大がもたらす高揚感に浮かれていた。そんな時代にわたしは「楽しんで生きないのは、罪なことだ」と書いたわけだが、浮かれている割りに大多数の人が心から楽しんでいないように見えたのだろう。
90年代初頭バブルが崩壊し経済は縮小して、冷たい水を浴びせかけられたように人々はユーフォリア（多幸感）から醒め、現実と向かい合うことになる。そして今、若い人に向かって「楽しんで生きないのは、罪なことだ」とアドバイスする余裕は、わたしにも日本社会にももうない。現在必要なのは「どう楽しんで生きるか」ではなく、さらに基本的で切実な「どうやって生きるか」という問いだからだ。

多幸感から醒めてしまったギリギリの現代日本と、「そうだ現実はこんなもんだよ」という具合にゆるやかに目を覚ました現代日本。たった十歳しか年齢の違わない村上龍と村上隆だが、バブル崩壊以後の「現代日本」に対する彼らの認識には、大きな隔たりがある。簡単に言えば、そこにあるのは、一九八〇年代を現役の作家／タレントとして過ごした、ポップ文化の発信者（三十代の龍）と、同じ時期を芸大の学生として過ごした、ポップ文化の受容／批評者（二十代の隆）の立場の相違であった。

広島原爆の愛称「Ｌｉｔｔｌｅ Ｂｏｙ」に込められた真意はどうであれ、我々は見事におこちゃまだ。おこちゃまのまま、だだをこねつつ自分かわいさに生きて来た。トラウマを栄養に、へたれた社会を温床地に、ぬくぬくと育って来た文化の成れの果ての姿。セブン－イレブンで腹を満たし、ドン・キホーテで文化のアイテムを手に入れて、

ケータイとパソコンで知的好奇心を満たす。〔……〕
私たちが経験した体験、自己治癒の方法は去勢された国家に住み暮らす人民のリハビリテーションサンプルとして、未来の世界で流用可能なはずだ。

（「窓に地球」）

オタク文化に染まりつつ、そのライフスタイルを冷ややかな目で見る九〇年代のポップアーティスト・村上隆にしてみれば、龍の言う「どうやって生きるか」は、バブル崩壊以後も、依然として問題ではない。ジャパニーズ・ポップの狂瀾《きょうらん》を遠い蜃気楼のように眺めていた次世代は、それが霧消した後、更地のように広がっていく「現代日本」に、彼らなりの「楽しみ」を見つけようとする。曰く、「そこそこな喜びのみでも、充分生きて行ける事を確認した。なにも毎日がどんちゃん騒ぎになる必要も無い」のだ。

かつての狭山や福生に龍が見出した〈アメリカ〉は、隆にとって、単なる〈アメリカ型資本主義経済〉という、ノスタルジアの欠片《かけら》もない安易な経済用語になった。「戦争に勝とうが負けようが、」と村上隆は書く。「アメリカ型資本主義経済を温室で大事に育てて膨れ切った実験場がこの60年間の日本の実体」なのだと。

バブル世代の「ぼっち」——穂村弘のポップ

村上隆の九〇年代日本論は、「どんちゃん騒ぎ」の後に残されたオタク的消費者の描写として展開されていた。つまり、六〇年代生まれにとっての「現代日本」は、バブル経済の崩壊という事象の、あちら側とこちら側で分断されているのだ。

こうした感覚は、現代アートや現代文学に限らず、短歌という、一見すると「現代」とは無関係に思える文芸ジャンルにも現れることとなった。村上隆と同じ、一九六二年に生まれた歌人、穂村弘の活躍がそれである。

短歌の創作ばかりか、エッセイストとしても今なお人気の高い穂村は、「日本語」という言語そのものの不可解さを追求することで、徹底的にポップであろうとする態度が、なぜかポップそのものを機能不全にしてしまうバブル以後の日本文化を解説する。

穂村のエッセイを特徴づけるのは、彼自身が言うところの「マイナスの存在感」である。たとえば、体育の時間の「ふたりひと組」が出来なかったトラウマであるとか、ラブホテルの部屋で相手の女性から「そこにいたのか」と驚かれたこととか（『もうおうちへかえりましょう』）、穂村の自虐ネタは、まさに本書が現代のラノベにみる「ぼっち」像の原型とも言える。

それゆえに、穂村の洞察力は、六〇年代生まれの彼とそれ以後の世代のあいだに横たわる、さらなる「断絶」を物語るに至って、今なぜラノベなのか、という本書の核心にも深く関わってくる。穂村は、二〇〇二年のエッセイ集で、村上隆がいうところの「へたれた社会」に真正のへたれとして生きる自分自身を、「末期的日本人」という言葉で呼んだ。


「ほむらくんって、ほんとうに末期的日本人って感じだねえ」

悪口ではない。彼女は心からそう思ったのだろう。そしてその感想は当たっていると思う。私だって自己啓発本と各種サプリメントの効果を本当に実感しているわけではない。

ビタミンをいくら飲んでも完璧な体調にはならないし、自己啓発本を読んでも読んでもいっこうに素敵な人になっている気配がない。それでも買い漁《あさ》るのがやめられないのである。

「自己実現」と云えば聞こえがいいが、国とか故郷とか家族とか誇りとか道とか、自分よりも大きな何ものかとの関わりを喪失した（というか初めから持たない）私にとって、それは「自分かわいさの追求」とまったく区別がつかないものだ。
最後の拠り所であった恋愛に熱中できなくなってからの私には、もう〈私〉しか熱中するものがない。

（『世界音痴』）

二〇〇〇年代の現代日本において、健康食品や自己啓発本に投資を続ける「ほむらくん」は、戦後の夢の果ての都市空間において、「そこそこの喜び」に浸りつつ生きている。だが、穂村弘の世界が、はじめからそうであったわけではない。
一九八六年、連作「シンジケート」により、俵万智《たわらまち》と角川短歌賞を争った穂村は、「自分かわいさの追求」が、なぜか切なく破綻してしまう男女の関係（にも満たない関係）を短歌に詠み込んだ。

「酔ってるの？　あたしが誰かわかってる？」「ブーフーウーのウーじゃないかな」

（「シンジケート」）

この短歌には、すでにして、穂村特有の「末期的」な感じが出ているが、それは、いまだポップの力を信じている若者の言語感覚によるものだった。歌人の川野里子は、二〇〇二年の「歌壇」でこれを採りあげ、「歌の核となる不安は少女が代弁し、それをポップな無意味へと爆発させる役割を男の子が担っている」と指摘したが、むしろ「ポップな無意味」が「無意味なポップ」へと格下げされる移行期に、穂村弘という歌人は立っていたのだろう。穂村自身、右の短歌を評して、「世界に守られているという感覚のなかで生きていたのだろう」と述懐し、「それに対して現在の若者たちは、剝き出しの現実の前で、〈私〉の可能性を抱えて息を飲んでいるようにみえる」とため息をついている（『もうおうちへかえりましょう』）。

未来への期待と過去への郷愁をともに封じられた世代

「国とか故郷とか家族とか誇りとか道とか、自分よりも大きな何ものかとの関わりを喪失した（というか初めから持たない）私」としての穂村は、村上隆と同様に、みずからを育ててきた「現代日本」というものが、結局のところ「戦後の夢」に過ぎない、と断じる。

そして、さらに穂村は、そういった自分たちの現実認識が、次の世代の若者たちにも、より本格的なものとなって引き継がれていると確信するのだった。

二〇〇〇年代に入って、戦後の夢に根ざした言葉の耐用期限がいよいよ本格的に切れつつあるのを感じる。インターネットに代表されるメディアの変化とも関連して、修辞的な資産の放棄に近い印象の「棒立ちの歌」が量産される一方で、未来への期待と過去への郷愁をともに封じられた世代が「今」への違和感を煮詰めたところから立ち上げた作品が目につくようになった。

（『短歌の友人』）

穂村は、新たなる短歌の傾向を分析して、その作者たちは「未来への期待と過去への郷愁をともに封じられた世代」だと論じる。穂村は、彼らの作品をまとめて「戦後の夢の果てを生きる『私』の姿」を描くものと総括する。曰く、「そのみすぼらしさにショックを覚えるが、この荒涼としたリアリティのなかにこそ、等身大の今の希望は求められるべきかもしれない」と。その代表例が、斉藤斎藤《さいとうさいとう》という若手歌人の、次のような短歌だ。

お名前何とおっしゃいましたっけと言われ斉藤としては斉藤とする
「斉藤さん」「斉藤君」とぼくを呼ぶ彼のこころの揺れをたのしむ

（『歌集　渡辺のわたし』）

一九七二年生まれの歌人である斉藤斎藤は、その筆名そのものに、すでに彼のアイデンティティの揺らぎをうかがわせている。これは、『ぼっちーズ』の入間人間《いるまひとま》や、『やはり俺の青春ラブコメはまちがっている。』の渡航《わたりわたる》、そして、『俺の彼女と幼なじみが修羅場すぎる』の裕時悠示《ゆうじゆうじ》などの、ラノベ作家たちのネーミングセンスとも共通するものだろう。

斉藤斎藤の世界にあって、「私」とはいつでも、他人の中で、ためらいがちに再確認される存在だ。彼は、「斉藤さん」でもあるし「斉藤君」にもなりうるのだが、そんな他者越しの自画像の「揺れ」を、斉藤斎藤はあくまでも他人事として「たのしむ」のだという。

一度はバブルを経験した穂村は、このような次世代のリアリティを「みすぼらしさ」と形容しながらも、なおのことそれを「等身大の今の希望」と評する。けれども、そうした穂村世代の「心の揺れ」すらも、斉藤斎藤の世代はきっと、完全なる他人事として、じっと眺めて楽しんでいるのだろう。

バブル末期世代の「無傷の素敵さ」

穂村弘は、自分たちの世代における、一九八〇年代を風靡《ふうび》したジャパニーズ・ポップのインパクトを分析して、「村上春樹、糸井重里、高橋源一郎などの世代には、おかしな云い方だが『実体験』があった」と述べている。どういうことか、続く文章を見てみよう。

彼らは現実のなかで深く傷ついた経験や何かを失った経験を持っていた。だからこそ、その裏返しとしての「素敵」さを示すことができたのだ。だが、「実体験」のない私たちの世代は、それらを初めから無傷の「素敵」さと錯覚して受け取ってしまったのである。結果的にその「素敵」さは私たちから勇気を奪った。

（『もうおうちへかえりましょう』）

穂村の言う「現実のなかで深く傷ついた経験」とは、具体的には、一九五〇年前後生まれである村上春樹たちの世代が、全共闘運動などを通じて得たと想定される「実体験」のことを指しているのであろう。よって、穂村はここで、みずからをいわゆる「遅れてきた青年」に位置づけているのだが、それはすなわち、学生運動という「祭り」にも間に合わず、なおかつ、ポップな文学・文化という、春樹世代の「後夜祭」にも参加しきれなかったといった、二重の意味での「遅れ」であったのだ。

穂村のこうした文章は、一九五〇年前後生まれ世代から彼自身を切り離すと同時に、バブルの時代を体験し得なかった、彼の次の世代であるところの一九七〇年前後生まれの世代をもまた、文中の「私たちの世代」から切り離そうとする。

すなわち、穂村以後の世代からしてみれば、こうした気分に生きる穂村たちは、たとえばこんな風に説明してみることができるだろう——「穂村以後の世代に生きるものたちにとって、穂村や村上隆らのポスト・ポップ／オタク世代には、未だ『無傷の素敵さ』なるものがあったのだ」と。

一九九〇年代から世紀をまたぎ、ラノベ世代の「若者文化」は、バブル末期世代が夢見た「無傷の素敵さ」を知らない。穂村は先の引用の末尾に、「結果的にその『素敵』さは私たちから勇気を奪った」とつづっているが、そうしたポスト・ポップ世代の絶望は、ラノベ世代にとってはすでに手の届かない旧世代の「実体験」として想像されることとなる。

事実、ラノベ世代の「たのしみ」は、村上隆や穂村弘らが、批評的スタンスをとりながらも半ば主体的に関わってきたオタク文化の「自己治癒」的な喜びとは、わずかなズレを持っている。右に紹介した斉藤斎藤の短歌などは、そのズレを、じんわりと指し示す力を持っていた。同様に、穂村的な「ポップな無意味」とも、村上隆的な「へたれた社会のポップ」とも異なる、独自の「ライトさ」を追求したラノベは、二〇〇〇年に入り、主に七〇年代から八〇年代に生まれた作家陣によって、確固たる世界観を形作るようになってきたのだが、それこそは本書が主眼を置く、ラノベ世代の「ぼっち」であった。

かつてのオタク、現在はフツー

一九七〇年以降に生まれた若者たちは、二十代前半の就職活動期がそのまま就職氷河期と呼ばれるほど、「アメリカ型資本主義経済を温室で大事に育てて膨れ切った実験場」なるものを体感し得ぬ世代であった。一九七一年生まれである東浩紀は、「オタク系文化の歴史とは、アメリカ文化をいかに『国産化』するか、その換骨奪胎の歴史だったのであり、その歩みは高度経済成長期のイデオロギーをみごとに反映してもいる」と確認した上で、そうした歴史の後に育った「ある世代より以下の人々」は、その歴史を受け入れるか、拒絶するかの両極端に分かれてしまうものだ、と指摘している。

オタク系文化に向けられる過剰な敵意と過剰な賞賛〔……〕の根底にあるのは、私たちの文化が、敗戦後、アメリカ化と消費社会化の波によって根こそぎ変えられてしまったことへの強烈な不安感である。〔……〕私たちはファミレスやコンビニやラブホテルを通してしか日本の都市風景をイメージできないし、またその貧しさを前提としてねじれた想像力を長いあいだ働かせている。その条件を受け入れることができなければオタク嫌いになるし、逆にその条件に過剰に同一化してしまうとオタクになる、そういうメカニズムがこの国のサブカルチャーでは働いているのだ。だからこそ、ある世代より以下の人々は、たいていオタク好きかオタク嫌いかくっきりと分かれてしまうのである。

(『動物化するポストモダン』)

興味深いことに、二〇〇〇－一〇年代のオタク文化の発信源ともなったライトノベルは、その個性的なキャラクターこそ「オタク好き」からの賞賛を受けたが、肝心の物語そのものは、むしろ逆に、アメリカ型資本主義経済から派生した「ねじれた想像力」を拒絶する側に回ろうとしていた。

たとえば、一九七〇年生まれの谷川流《ながる》による『涼宮ハルヒの憂鬱』（二〇〇三年）という物語は、実際は「ハルヒ」というツンデレ・キャラに萌えることが主眼なのではない。そうではなく、「アニメ的特撮的マンガ的物語」に別れを告げたキョンと呼ばれる男子高校生が、いかにして「いつも眉間《みけん》にシワ寄せている頭の内部がミステリアスな涼宮ハルヒ」という「ぼっち」に、我知らず仲間意識を抱くようになったのかを一人称によって述懐するものであった。

俺が朝目覚めて夜眠るまでのこのフツーな世界に比べて、アニメ的特撮的マンガ的物語の中に描かれる世界の、なんと魅力的なことだろう。

俺もこんな世界に生まれたかった！

〔……〕

しかし現実ってのは意外と厳しい。

〔……〕

中学校を卒業する頃には、俺はもうそんなガキな夢を見ることからも卒業して、この世の普通さにも慣れていた。一縷《いちる》の期待をかけていた一九九九年に何が起こるわけでもなかったしな。二十一世紀になっても人類はまだ月から向こうに到達してねーし、俺が生きてる間にアルファケンタウリまで日帰りで往復出来ることもこのぶんじゃなさそうだ。

そんなことを頭の片隅でぼんやり考えながら俺はたいした感慨もなく高校生になり――、

涼宮ハルヒと出会った。

（『涼宮ハルヒの憂鬱』）

『動物化するポストモダン』のなかで東は、アニメ、特撮、SF、コンピューター・ゲーム、雑誌文化といった「オタク系文化の起源」が、いずれも「五〇年代から七〇年代にかけてアメリカから輸入されたサブカルチャー」であるという事実を想起させることで、オタクという存在がみずからの内に抱え込んでいるアメリカ文化への憧れとコンプレックスが本質的なものであることを強調した。

オタク系文化の歴史とは、アメリカ文化をいかに「国産化」するか、その換骨奪胎の歴史だったのであり、その歩みは高度経済成長期のイデオロギーをみごとに反映してもいる。したがって、もしいま私たちがアニメや特撮の画面構成に日本的な美学を見てしまうのだとすれば、そのときは同時に、つい数十年前までこの国にはアニメや特撮はなかったのであり、それが「日本的」になった過程はかなりねじれたものだったこともまた思い起こしておく必要がある。

（『動物化するポストモダン』）

こうした東のオタク観を踏襲《とうしゅう》するならば、先に引用した『涼宮ハルヒの憂鬱』の語り手キョンは、アメリカ発・日本産であるところの「アニメ的特撮的マンガ的物語」を早々に卒業し、二十一世紀の日本に開ける「フツーな世界」にけだるく順応しようとしている、非オタク系の青年であることが分かるだろう。

一足飛びに、この『涼宮ハルヒの憂鬱』という物語の結末部分を見てみよう。次の引用は、ハルヒと自分のハッピーエンドを経験したキョンが、あれはもしかして「夢落ち」だったのではないかと疑っているシーンだ。

そこは部屋。俺の部屋。首をひねればそこはベッドで、俺は床に直接寝転がっている自分を発見した。着ているものは当然スウェットの上下。乱れた布団が半分以上もベッドからずり下がり、そして俺は手を後ろについてバカみたいに半口を開けているという寸法だ。

思考能力が復活するまでけっこうな時間がかかった。

半分無意識の状態で立ち上がった俺は、カーテンを開けて窓の外をうかがい、ぽつぽつと光る幾ばくかの星や道を照らす街灯、ちらちらと点いている住宅の明かりを確認してから、部屋の中央をぐるぐる円を描いて歩き回った。

夢か？　夢なのか？

見知った女と二人だけの世界に紛れ込んだあげくにキスまでしてしまうという、フロイト先生が爆笑しそうな、そんな解りやすい夢を俺は見ていたのか。

ぐあ、今すぐ首つりてえ！

日本が銃社会化を免れていることに感謝すべきだったかもしれない。手の届く範囲に自動小銃の一丁でもあれば、俺は躊躇《ちゅうちょ》なく自分の頭を打ち抜いていただろう。

（『涼宮ハルヒの憂鬱』）

文字通りに「アニメ的特撮的マンガ的物語」を経験してしまった主人公は、その直後、お約束通りに「フツー」の日常に戻ってくる。興味深いのは、このとき、「銃社会化」という不要とも思える言葉が、その「フツー」の日常の中に差し挟まれていることだ。「手の届く範囲に自動小銃の一丁でもあれば」という物言いは、決してハードボイルドを気取っているわけではないのだろう。「かつてのオタク」が「フツーの現在」に戻ってきたちょうどその時点で、「銃社会化」といった「アメリカ」のイメージが挿入されるのは、この小説がいまだにアメリカ発・日本産の「物語」の影響下にいることを自覚しているからに他ならない。

『涼宮ハルヒ』以後、多くのラノベは、「かつてのオタク／現在はフツー」という男子学生を語り手に起用すると同時に、「オタク嫌い」が「オタク好き」を憧れ半分自嘲半分に眺めやる、という一人称スタイルを採ることとなる。次章では、『涼宮ハルヒの憂鬱』に代表される、こうした特異な一人称スタイルを生みだした、九〇年代以降の文化的背景を考察してみよう。

第四章　「ぼっち」はひきこもらない

「ひきこもり世代のトップランナー」滝本竜彦

バブル景気という「祭り」を身近に知りつつも、成人後、そこへの参加資格を奪われた七〇年代生まれにとって、〈社会〉というものは、無条件で信じられるものではなくなっていた。終身雇用も、年功序列も、老後の保障もない中で、〈社会〉ではなく〈家〉へとひきこもる若者がマスメディアの話題となり、九〇年代半ばには、社会人となっても実家に寄生する「パラサイト・シングル」という言葉が流行した。

こうした中、角川書店より登場した現役のひきこもり作家が、のちに「ひきこもり世代のトップランナー」というキャッチコピーで知られることになる、滝本竜彦《たきもとたつひこ》だった。一九七八年生まれの滝本は、専修大学を中退後、『ネガティブハッピー・チェーンソーエッヂ』でデビュー。同書の刊行は二〇〇一年で、それは『涼宮ハルヒの憂鬱』が刊行される二年前のことだった。

雪崎絵理は戦う女の子だ。美少女戦士なのだ。
セーラー服を軽やかにはためかせて、彼女は戦う。

なんのために？　正義のために。

敵は諸悪の根源、悪の魔人。切っても突いても死なない不死身のチェーンソー男。ヤツを倒さなければ世界に希望はない。だから雪崎絵理は戦う。オレも戦う。

冬の街を自転車でかけずり回って、しごく真面目に戦っている。

——でもなぁ。

実際のところ、どうなんだろう。

諸悪の根源を倒すとか、正義のために戦うとか、いかにも抽象的で、バカみたいに大きな話で、まるでアニメかマンガだ。

本当はもっと小さくて個人的な話なんだと思うんだけど。

（『ネガティブハッピー・チェーンソーエッヂ』）


滝本が提示した物語は、「チェーンソー男」なる猟奇的な殺人者となぜか死力を尽くして闘い続ける女子高生・雪崎絵理と、たまたま通りかかっただけなのに、なぜか彼女の援護に命を懸けようと思い立つ男子高校生・山本陽介の、奇妙なラブストーリーだった。そして、語り手である山本は、『涼宮ハルヒの憂鬱』の語り手キョンと同様に、非日常というより「反日常」に生きがいを見出している美少女を、憧れ半分、あきれ半分の眼差しで見つめている。

滝本と同じ頃に作家デビューした西尾維新は、同書の解説で、こうした二人の高校生の立ち位置を確認しつつ、両者の「差異」を、次のように簡潔に記している。

チェーンソー男に命がけの戦いを挑むというのは、雪崎絵理にとっても山本陽介にとっても、同じくらいの危険を孕《はら》んだ無謀ではあるけれど——雪崎絵理は山本陽介よりずっと積極的だし、山本陽介は雪崎絵理よりずっと消極的なのです。

積極的な雪崎絵理。

消極的な山本陽介。

それは無視できない差異です。

互いに手を取り合い、絶望の向こう側に突き抜けようとする「二人」であっても、その温度差は「無視できない」と西尾は言う。西尾の考えるところでは、それは「幸福追求」という基本的人権レベルでの差異であるのだが、消極的な語り手である山本には、最後まで、雪崎の積極性を理解することはできない。

小説の終章で、山本は、物語の始まりと同じ感想を口にする。


「やっぱりチェーンソー男は消えたのかね。どうなんだろうね」

「わからない。でも、あれから一度も出ないし、出る気配もないわ」

ある日の午後、オレと絵理ちゃんはふたり、街を歩いていた。

「結局あいつは、なんだったんだろうな？」

そう訊いてみたが、やっぱり絵理ちゃんにもわからないらしい。

本当にチェーンソー男は、彼女が以前に言ったような『この世界に哀しみを作り出している悪者』だったのだろうか。だとしたらチェーンソー男が消えたいま、この世界は薔薇色の楽園なのか。

——そんなことは、やっぱりないよなぁ。

そんなスケールのでかい話ではないと思う。もっと個人的な話だったのだろうと思う。だけども、少なくともオレたちだけは、いままさにハッピーなのだった。だから取りあえず、いまのところはそれでいい。

（『ネガティブハッピー・チェーンソーエッヂ』）

本作において、雪崎絵理の葛藤は、実質的に棚上げされている。アニメ的でマンガ的な物語世界を否定したがっている山本陽介は、一方で、現実にアニメ的でマンガ的な世界に放りこまれている雪崎の悲哀を、最後まで分からないままだ。いうなれば、オタク嫌いの立ち位置にとどまったままの滝本の語り手は、すでに同世代の「憂鬱」の核心にあったオタク的世界との葛藤そのものを棚上げにしてしまっているのである。

「ぼっち」なヒロイン――『涼宮ハルヒの憂鬱』

『ネガティブハッピー・チェーンソーエッヂ』の解説において、西尾は、「雪崎絵理にとっての『しあわせ』」とは、「チェーンソー男の存在をこの世界から消してしまうこと」にあった、と指摘する。だとするならば、その二年後に刊行された『涼宮ハルヒの憂鬱』のヒロインにとって、その最大の不幸とは、彼女にとってのチェーンソー男が「外部」には存在せず、その「内部」の闇に広がっていたということに尽きるだろう。

暗い。思わず空を見上げる。あれほど目映《まばゆ》い橙色《だいだいいろ》を放っていた太陽はどこにもなく、空は暗灰色《あんかいしょく》の雲に閉ざされている。雲なのだろうか？　どこにも切れ目のない平面的な空間がどこまでも広がり、周囲を陰で覆っている。太陽がない代わりに灰色の空は薄ボンヤリとした燐光《りんこう》を放って世界を暗黒から救っている。

誰もいない。

「……」

「次元断層の隙間、我々の世界とは隔絶された、閉鎖空間です」

古泉の声が静まりかえった大気の中でやけによく響いた。

「……」

「閉鎖空間はまったくのランダムに発生します。一日おきに現れることもあれば、何ヶ月も音沙汰なしのこともある。ただ一つ明らかなのは、」

階段を登る。ひどく暗い。前を歩く古泉の姿がわずかでも見えていなければ足を取られるところだ。

「涼宮さんの精神が不安定になると、この空間が生まれるってことです」

「……」

遠くの高層ビルの隙間から、青く光る巨人の姿が見えた。
［……］
何だアレは。
［……］
「涼宮さんのイライラが具現化したものだと思われます。心のわだかまりが限界に達するとあの巨人が出てくるようです。ああやって周りをぶち壊すことでストレスを発散させているんでしょう。かと言って、現実世界で暴れさせるわけにもいかない。大惨事になりますからね。だからこうして閉鎖空間を生み出し、その内部のみで破壊行動をする。なかなか理性的じゃないですか」

（『涼宮ハルヒの憂鬱』）

引用したのは、同作の後半部分で、主人公がいよいよハルヒの「内部」に足を踏み入れたシーンである。「巨人」、「青い怪物」、「《神人《しんじん》》」と呼ばれるそれは、雪崎絵理の「チェーンソー男」とは異なり、ヒロインと対等の「悪」としては現れない。それは直接的に「涼宮さんのイライラが具現化したもの」と説明され、ストレス発散を目的に世界を破壊するのだが、その破壊行為は、やがて涼宮ハルヒ自身を危機的状態に陥れることとなる。いったい、雪崎絵理と涼宮ハルヒが対峙する「怪物」たちの差異は、どこから生じたのだろうか。

『涼宮ハルヒの憂鬱』では、物語の冒頭、読者の前に現れたハルヒが開口一番、「ただの人間には興味ありません。この中に宇宙人、未来人、異世界人、超能力者がいたら、あたしのところに来なさい。以上」と宣言する。雪崎の場合と異なり、日常と非日常の境目を痛いほどに意識させられているハルヒの存在は、傍《はた》から見るならば、そのオタク的妄想癖の強さゆえに「電波系」と呼ばれる存在にまで近づいている。

さらに、そのようにオタク的妄想癖を持つハルヒではあるが、彼女自身は、かつてのキョンのように、「アニメ的特撮的マンガ的物語」に浸ることで自己治癒的な喜びを得ようとすることに執着しているわけではない。ハルヒが抱える「憂鬱」の原因は、そうした「アニメ的特撮的マンガ的物語」が端《はな》から存在していないということ、極言すれば、アメリカ型資本主義経済の恩恵というものが、彼女自身の生きる「現代日本」とはもはや無関係になりつつあるということを、キョンの想像を遥かに超えた地点で達観しているということに求められるのである。

「元の世界に戻りたいとは思わないか？」

棒読み口調で俺は言った。

「え？」

輝いていたハルヒの目が曇ったように見えた。灰色の世界でも際だつ白い顔が俺に向く。

「一生こんなところにいるわけにもいかないだろ。腹が減っても飯食う場所がなさそうだぜ、店も開いてないだろうし。それに見えない壁、あれが周囲を取り巻いているんだとしたら、そこから出ていくことも出来ん。確実に飢え死にだ」

「んー、なんかね。不思議なんだけど、全然そのことは気にならないのね。なんとかなるような気がするのよ。自分でも納得出来ない、でもどうしてだろ、今ちょっと楽しいな」

これは、『涼宮ハルヒの憂鬱』のクライマックス・シーンでの、キョンとハルヒの会話だ。「閉鎖空間」と呼ばれるハルヒの妄想世界は、じつはダイレクトに外側の現実世界に影響を及ぼす（かもしれない）――というのが、この作品の最大の仕掛けなのだが、引用箇所では、その閉鎖空間に残されたハルヒを、キョンが説得の上で救出しようとしている。このとき、キョンの口をつく「腹が減っても飯食う場所がなさそうだぜ」という物言いは、まさに東浩紀の言う「ファミレスやコンビニやラブホテル」から成る都市風景を前提とするものであり、あるいは穂村弘や村上隆が言うところの「末期的日本人」にとってのそこそこな喜び」を代弁するものであった。しかし、そうしたキョンに対して、ハルヒは「全然そのことは気にならない」と、彼の不安を一蹴してしまう。

フツーの世界よりも、アニメ的特撮的マンガ的物語の世界よりも、闇に包まれた閉鎖空間の方が、ずっと現実的で楽しいと感じられる感性が、ハルヒをして、ラノベならではの「ぼっち」なヒロインの原型たらしめているのだ。

「ぼっち」なヒロインの臨界点――『羽月莉音の帝国』

ラノベの世界において、主人公の男子高校生は、「雪崎絵理」や「涼宮ハルヒ」のような「ぼっち」なヒロインたちと、たいがいは学内で出会う。その後、ハルヒのようにみずからが部長を務める「部活」へと誘い込まれるか、あるいは、自宅に押しかけられ、無理矢理に秘密を共有させられるなどして、知らず知らずに彼女たち独自の「ぼっち」な世界に足を踏み入れていく。男子たちにとって、そこは、「(いまだに)オタク好き」、あるいは「(生まれつきの)電波系」といった異空間なのだが、すでに『涼宮ハルヒの憂鬱』を例として確認したように、その異空間は、彼ら「かつてのオタク」たちが馴染んでいた、「アニメ的特撮的マンガ的物語」ではなく、言うなれば、完全なる闇、あるいは、光のない真空のようなものだった。

ここでは、そうしたヒロイン像の臨界点とも呼べる作品を紹介しよう。一九七六年生まれの至道流星《しどうりゅうせい》による、『羽月莉音《はづきりおん》の帝国』(二〇一〇-一二年)がそれである。タイトルからも推測できるように、『涼宮ハルヒの憂鬱』を意識した本作は、「唯我独尊《ゆいがどくそん》」なハルヒ・キャラを、単なる当人の思い込みではない、世界の「独裁者」へとひた走らせようとする物語だ。

「いいこと? 聞きなさい。革命部の目的は簡単よ。領土を奪取し、独立宣言を発するの。あとは他国に主権を侵されないよう、私たちの国を守りきればいい。それだけのことよ」

「……」

莉音は俺たちをひとしきり眺め回したあと、沙織を指さして問うた。

「さて、ここで質問よ。『他国からの同意』を勝ち取って、国を末永く存続するための『手段』はただひとつ――それって、何だと思う？」

「え？　国……を存続させるための……手段……？」

「……」

新しく宣言された国家には、その土地にもともと権利を有していた国の軍隊が襲いかかってくる。例えばこの一軒家帝国が独立すれば、自衛隊が攻めてきたりするわけだ。とするならば……たぶん答えはひとつのはず――。

「軍隊だ！　攻められても、国を守れるだけの軍事力」

「……」

「そう。強大な軍事力さえあれば、あとは交渉力次第ってわけ。例えば日本国に毎年莫大な資金を差し出すとか、軍事力を奉仕するとかすれば、日本もメリットを感じて承認してくれる可能性がある。日本をすっ飛ばしてアメリカ様に利権を差し出せば、ウルトラCだって狙えるかもしれない。いずれにしろ、諸権利が絡んだ周辺国からの同意さえあれば、恒久的な国家として成立したも同然ってわけなの。その後は、国連に加盟するなり、独裁国家を目指すなり、好きにすればいいわ。どう？　とっても簡単でしょ？」
莉音はあっけらかんと微笑んだ。

（『羽月莉音の帝国』）

羽月莉音は、ラノベのお決まりのように個性的な部活の創設者にして部長となり、幼なじみを部員という名目でみずからの活動に引きずり込み、そして、自分勝手な妄想を炸裂させる「ぼっち」なヒロインだ。
だが、至道にとって、「羽月莉音」という存在は、涼宮ハルヒのような「謎」ではない。「革命部」というストレートな命名しかり、世界を変えるには「強大な軍事力さえあればいい」と言い切る達観にも似た部の運営方針しかり、至道の目論見は、「羽月莉音」という新たな閉鎖空間に、個人や世代の絶望ではない、まったく別のもの――たとえば、二〇〇六年にライブドア事件を引き起こした、ホリエモン的な「勝ち組／負け組」のビジョン――を放りこむことにあった。同書第一巻のあとがきで、至道はつぎのように綴っている。

本シリーズは、もちろんまだまだ続きます。ストーリーはまたたく間にスケールアップしていくことでしょう。一〇〇〇兆円単位くらいまでいきますから。国家同士の外交関係や、政治経済軍事にわたるさまざまな難局を、革命部の面々は切り抜けていけるでしょうか。

この作品には、神や魔法のたぐいは出てきません。SFでもありませんし、超常ストーリーでもありません。れっきとした、完全現代モノです。社会という複雑怪奇に見えるしろものが、実はたいしたことなくて、砂上の楼閣の上に成り立っているのだということを読者に実感してもらえれば、ぼくとしては最高にうれしいです。

至道はすでに、あの涼宮ハルヒが抱えていた光のない閉鎖空間が、アメリカ型資本主義の恩恵を寄せ付けない、圧倒的な絶望空間であることを見抜いている。

その新世代の絶望空間は、間違ってもオタク文化の隘路《あいろ》などではなく、いつまでもポップであることをやめない「現代日本」に辟易《へきえき》した若者たちに見出された、可能性としての「個」の在り方である。

それはすなわち、涼宮ハルヒは、描き方ひとつで、羽月莉音のような国際的テロリストにも、あるいは、同じく至道の手になるライトノベル『大日本サムライガール』(二〇一二年-)に描かれた「真正なる右翼」を自称する美少女にもなり得る、ということである。「ぼっち」というものの、いまだ煮え切らない描かれ方に苛立ちを覚える至道は、ハルヒの閉鎖空間の「謎」を「謎」のままとして弄《もてあそ》び続けているメディアミックスな世の中を嘲笑《あざわら》わんとするために、ラノベとして「ぎりぎりアウト」のところを狙いつつ、「ぼっち」なヒロインの後に続く、彼なりのリアルを構築しようとしているのだ。

「ぼっち」なヒーローの苦悩

「ぼっち」であることに積極的であり続けるラノベのヒロインたちと、彼女たちの絶望に肩入れをするフツーの男子たち。それは確かに、ハルヒ以後のラノベの典型となっていったのだが、その一方で、二〇〇〇年代の後半からは、彼女たちを観察していた「フツーの男子」こそが「ぼっち」であり、彼らの奮闘を描くことを主眼においたラノベも多く書かれるようになってきた。

そもそも本書は、そうした「ぼっち」な男子をめぐる考察から論を起こしていったのだが、彼らの存在が意味を持ち得るのは、唯一、彼らの「絶望」が、雪崎絵理や涼宮ハルヒらの見据えた「絶望」と質的に等しくなるか、あるいは、彼女たちの「絶望」を上回ったときでなくてはならない。

そうした意味でも、『僕は友達が少ない』の小鷹は、安易にヒロインたちに肩入れせずに、むしろ、彼女たちが彼に頼ろうと——すなわち「デレ」ようとした途端、その「デレ」こそが怖いとばかりに、すべての責任を曖昧にして、さらなる「ぼっち」状態へと逃げようとする、イマドキのラノベ男子の典型だと言える。要するに、『ネガティブハッピー・チェーンソーエッヂ』の山本より消極的で、『涼宮ハルヒの憂鬱』のキョンよりも意気地のない、二十一世紀の「ヘタレ男子」たちが、ハルヒ以後の「ぼっち」なヒーローとなるのだ。

なにより、複数女子との疑似恋愛ゲームである「美少女ゲーム」——とりわけ「ギャルゲー」を手本としたラノベのラブコメ作品において、三〜六人程の「ヒロイン」が登場することは定番だ。そして、多くの場合、その「ヒロイン」たちは、いずれも独特な性格付けをされている。ゲームの世界ではいざ知らず、ラノベの世界における彼女たちは、中心となる男子を意識すると同時に、互いにけん制しあい、互いの異なった価値観を突き付けあう。

『僕は友達が少ない』においては、そうした複数のヒロイン全員が「ぼっち」であり、また、彼女たちが起こす台風の目に置かれたヒーローもまた「ぼっち」であった。ゆえに、ラノベ作品に独特な、躁的《そうてき》なやり取りを表向きは繰り返しながらも、じつのところ、そこで語られる内容は、ハルヒ以後の世代が抱える「憂鬱」そのものであったのだ。

同作八巻のラストで、主人公の小鷹に面と向かって「コンのヘタレ糞虫――――ッ!!」と叫んでみせた理系女子の志《し》熊《ぐま》理《り》科《か》は、「ぼっち」な男子のギャルゲー的憂鬱を揶揄《やゆ》するように、「優しさだけでモテまくるハーレムラブコメの鈍感主人公ですかあなたは！」と一喝する。だが、これに答えた小鷹の次の台詞は、まさに、「ぼっち」な男子の本音であった。


「そんなもん――なれるもんならなってみてえよ！　優しさと鈍感さだけで何から何まで大事なもん全部ハッピーエンドにしてやりてえよ！　でもそれができねえから……どうしようもならないことを、物語の主人公なんかじゃない俺にはどうしようもできねえから、こうしてどうしようもなく困ってるんだろうが!!」

（『僕は友達が少ない』）

みずからを「主人公なんかじゃない」と断じる小鷹は、絶望に積極的なヒロインたちを援護することにも疲れ、それればかりか、「どうしようもなく困ってる」という、最後の自己主張をする。はたして、「ぼっち」なヒロインたちに絶望させられた「ぼっち」なヒーローは、いかなる物語に生きればよいというのだろうか。

第五章　震災と冷戦

ノスタルジアとしての中学生

八十万人の中学生が、現代日本に絶望し、脱出を開始する——。二〇〇〇年、村上龍は長編『希望の国のエクソダス』において、そんなビジョンを提示した。

ネットを駆使した中学生の反乱は、一国家を相手取ってしまうというその規模の大きさにおいて、先述した『羽月莉音の帝国』に描かれた高校生の革命に匹敵する。だが、後者の作者である至道流星が、あくまでも「ぼっち」な高校生たちが胸に秘める「個」の野心を物語ったのに対して、村上龍のそれは、「中学生」という一定の年齢層にあるものたち全員という「集団」への働きかけを想定したものであった。

「三十万人のメンバーのパスワード管理だけでも大変な作業だし、だいたい、そんだけの中学生が端末を持っているという話は聞いてないんだけどな」

後藤がそう言って、ポンちゃんが部屋の隅を指さした。そこにはセガとソニーのゲーム機が置いてあった。おれたちは納得した。三年前のセガのドリームキャスト以来ネット端末の機能を持つゲーム機がゲーム界の主流となっていた。ソニーもすぐにあとを追い、さらに昨年セガはメール機能のある新世代機を売り出した。ほとんどの中学生たちは反乱を始める前からすでに自分たちの端末を持っていたのだ。

〔……〕こういう連中が全国にいるのか、とおれは思った。しかも彼らは昔の全共闘のように物理的に結集する必要がない。ビラを印刷する必要もないし、電話をかけまくることもない。指令は一瞬にして六十万人に届く。そういう形での中学生の団結を大人は誰も把握していない。

（『希望の国のエクソダス』）

村上龍と至道流星がそれぞれに描く「中高生」は、互いに似て非なる存在だ。つまり、至道の描く「高校生」が、国家や学校や家族といった既成の集団を信じていなかったのに対して、村上の描く「中学生」は、日本という国家そのものに比肩《ひけん》し得る存在であると想定されている。このことは、二〇一一年三月十一日の震災を受けて、村上がニューヨーク・タイムズ紙に発表した「危機的状況の中の希望」の、次のような一節にも見ることができる。

私が10年前に書いた小説〔引用者註・『希望の国のエクソダス』のこと〕には、中学生が国会でスピーチする場面がある。「この国には何でもある。本当にいろいろなものがあります。だが、希望だけがない」と。

今は逆のことが起きている。避難所では食料、水、薬品不足が深刻化している。東京も物や電力が不足している。生活そのものが脅かされており、政府や電力会社は対応が遅れている。

だが、全てを失った日本が得たものは、希望だ。大地震と津波は、私たちの仲間と資源を根こそぎ奪っていった。だが、富に心を奪われていた我々のなかに希望の種を植え付けた。だから私は信じていく。

（「タイムアウト東京」に転載された翻訳版より）

この一節が、なぜ『希望の国のエクソダス』の引用を必要としたのか。その理由を考えつつ同文章を要約すると、次のようになるだろう。まず、かつての日本は、「この国にはすべてがあるのに希望だけがない」という状態だった。だが、震災によって、その「すべて」が失われてしまい、「富に心を奪われていた我々」は目を覚まし、希望の種を植え付けられるだけの素地ができた。じつのところ、そうした素地については、「私」はすでに十年前の小説において、「中学生」という象徴的な存在に託して語っていた。つまり、『希望の国のエクソダス』に描かれた「中学生」とは、現代日本の「大人」が忘れた心であり、今世紀の初頭に失われかけていたその心は、二〇一一年の大震災によってふたたび取り戻されるやもしれない——。

だが、一度は失われた現代日本人の心として描かれる「中学生」は、まちがってもラノベ世代が思い描く「ぼっち」たちではない。ポップな連帯を信じ、みずからを八十万人という「大衆」の一人に追いやる「中学生」たちのイメージは、やはり、村上龍の世代ならではのビジョンであり、旧世代のノスタルジアの産物であった。

「わりと平穏な時代」

前章で確認したように、ラノベの描く「ぼっち」たちの絶望は、戦後日本人の末裔《まつえい》を自称するオタクのそれとも異なるものであった。むしろ、オタク文化が強烈に押し出した、

「セブン・イレブン」やディスカウントストアの「ドン・キホーテ」に象徴される「現実」こそを絶望の対象とする態度が、ハルヒ以後のラノベ・ヒロインには求められた。そして、彼女たちの新しい絶望を相手に、どのような解決法も提示できないでいる「かつてのオタク／現在はフツー」な男子たちが、主役になれないヒーローとして物語に召喚される。

このとき、すでに何重にも絶望させられている「ぼっち」たちは、もはや、村上龍世代のノスタルジアに生きることは叶わない。震災によって、なにがしかのパラダイムシフトが日本に起こり、それがこれまでの絶望を希望へと転化させるきっかけとなるといった発想そのものが、ラノベ世代の「ぼっち」たちには欠けているのだ。

例えば、かじいたかしのライトノベル『僕の妹は漢字が読める』（二〇一二年－）には、こんな一節がさらりと書き込まれている。

平成――。日本史のなかでは、わりと平穏な時代だ。
日本が世界規模の戦争に参加した昭和や、維新のあった幕末などと比べると、少し地味かもしれない。もちろん何もなかったわけではなく、大きな天災にみまわれたり、経済不況に陥ったりしたけれど、日本の復興は早かった。

この感想を述べているのは、物語の設定上、二十三世紀に生きる男子高校生のものとされている。だが、同書が出版されるまでのプロセスを確認するならば、ここに書かれた「天災、不況、復興」という三点セットでまとめられる「平成」のイメージは看過《かんか》しえないものがある。というのも、本作はもともと、二〇一〇年十月末締め切りの「第五回ノベルジャパン大賞」への投稿作品であり、結果は、二〇一一年二月中旬に発表された。以後、改題、改稿を経て、同年六月にHJ文庫より刊行されたのだが、東日本大震災および福島県での原発事故は、その間に発生しているからだ。

もちろん、右の引用にある「大きな天災」および「日本の復興」という文言が、実際にいつの時点で書き込まれていたかは定かでない。それは平成七年の阪神・淡路大震災を念頭において書かれたのかもしれないし、あるいは、東日本大震災を受けて加筆されたものかもしれない。いずれにせよ、この引用が重要であるのは、あの東日本大震災を受けてなお、「天災、不況、復興」の三点セットが、「世界大戦」や「維新」に比べると物語的に見劣りしてしまうという感覚に、そのラノベ的感性を鮮明に観察することができるからだ。

そこには、同時代の出来事をただちにパラダイムシフトの契機として読み替えることを好む、（たとえば、「3・11以後の日本」といった類いの）大人の視点は介在しない。作者のかじいたかしは、ただ、すべての基盤となる近代国家・日本の揺らぎにだけ、素朴な物語性を感じている。つまり、維新とは近代国家の誕生であり、世界大戦とは、近代国家という枠組み自体の破綻の危機であった。一方で、バブル経済の崩壊や大震災、あるいはオウム真理教のようなテロに脅かされようと、日本が一つの近代国家であることを維持し続けるならば、それは「フツーの状態」の継続であり、結果、平成は「わりと平穏な時代」とされて違和感はないのだ。

戦後ではなく冷戦

村上龍にとっても、村上隆にとっても、「アメリカ」とは、「現代日本」のすべてに先行する何かであり、やがて「我々」が追い越していくべき目標であった。だが、ここに至って、二〇一〇年代のラノベには、「アメリカ」の影がほとんど見えない。それは、東浩紀が言う意味での、アメリカ文化の「国産化」が成されたからではなく、むしろ、それを目指したオタク文化の相対化（具体的には、オタクも一消費者として大衆化すること）が実現してしまったがゆえに引き起こされた事態だと言える。

オタク的な日本とは、東の言うとおり、「戦後のアメリカに対する圧倒的な劣位を反転させ、その劣位こそが優位だと言い募る欲望」の発露かもしれない。だが、反対に、二〇〇一年の九・一一以後、アメリカの「圧倒的な優位」を信じられなくなった世代にしてみれば、「現代」はむしろ、国家間の優劣が明らかとされた日本の戦後ではなく、パワーゲームがすべてであった冷戦期の世界へと、そのイメージが変容されている。

たとえば、村上隆の示したビジョンが、戦後日本人の総オタク化であったとき、そこから抜け出したラノベのヒロインたちは、何かを所有することではなく、分割することを是とし、「意中の男子の支配」を「地球の分割支配」という比喩によって実現しようとする。

二〇一一年四月に刊行がスタートした岸杯也《きしはいや》の『しゅらばら!』シリーズは、同年十一月発表の第三巻で、「修羅場」に陥った三人のヒロインたちの関係を、ヤルタ会談になぞらえ、次のように説明している。

早少女《さおとめ》は気づいた。

今日は、ヤルタ会談だ。

第二次世界大戦が終結する直前の一九四五年二月、アメリカのルーズベルト、ソ連のスターリン、イギリスのチャーチルという三首脳がクリミア半島に集まり、これからの世界秩序について話し合った。

だがそれは、平和の始まりを意味しなかった。

覇権を賭けての次なる戦争のスタート——それも直接の砲火が飛び交ったりしない戦争。

〔……〕

冷たく、静かで、言い換えればインケンな、新しい形の長い長い世界大戦。

冷戦《コールドウオー》の始まりなのである。

地球だって分割して支配できる。

だけどたった一人の人間を分け合う事なんてできない。

〔……〕

冷戦当時のアメリカとソ連だって、地球そのものをぶっ壊しかねない最終戦争なんかしたくなかった。相手が折れて諦めて、自分たちと同じ考えを持つ仲間になってくれたならそれに越した事はないと望んでいた。

憎みあって永遠にさよならするよりも、自分が最後の勝者になった時に『よかったね』って祝福してくれる友でいてくれる方が嬉しいに決まってる。

「……」

昔の偉い人は言っていた。

『戦争と恋愛は何でもアリ。どんな手段も正当化される』と。

確かに戦争と恋愛は似ている。

恋って何なのかよく分からない早少女だけど、その事ははっきり理解した。

（『しゅらばら！』）

ここでは、まさに物語の主人公になれないヒーローをめぐって、彼に群がる美少女たちによる、彼の分割支配が計画されようとしている。そうした中で、ことさらに重要であるのは、当のヒロインたちが、「冷戦が最終戦争にならなかった」という「未来」をすでに知っているということだろう。

敗戦国はあっても戦勝国はない

同様に、二〇一一年の二月に刊行を開始した裕時悠示のライトノベル『俺の彼女と幼なじみが修羅場すぎる』にも、ヒーローの分割支配というアイデアを見ることができる。

本作での黒一点たる季《き》堂《どう》鋭太《えいた》は、「相手を罵って、責めて、なじ」り続けた両親たちの姿に絶望し、「恋愛アンチ」となってしまった、ラブコメ作品なのに恋愛のできない、まさに主人公になれない主人公の好例である。

> 両親が蒸発して以来、俺はマンガやアニメの世界に興味が持てなくなってしまった。
> いくら絵空事を語ったところで、過酷な現実には勝てないんだと思い知ったから。
> 現実に勝てるのは現実だけ。
> 俺の場合は、医学部進学を勝ち取れるだけの学力。
> それだけが俺の置かれた状況を解決できる唯一の方法なのだ。
>
> （『俺の彼女と幼なじみが修羅場すぎる』）

「現実に勝てるのは現実だけ」と、あまりにラノベの主人公らしからぬことを口にする鋭太は、いつしか彼を取り巻くこととなっていた四人の美少女たち——春咲千和《はるさきちわ》、夏川真涼《なつかわますず》、秋篠姫香《あきしのひめか》、冬海愛衣《ふゆうみあい》——を前にしても、彼女たちにはっきりとした恋愛感情を持つことができない。彼自身をめぐって繰り広げられる女同士の戦いにも、いつしか慣れを覚えてしまった鋭太は、毎回の顛末を「修羅場すぎる」の一言で片づけてばかりだ。

みずからを原因とする修羅場に、なぜこれほどまでに鋭太は醒めているのか。その理由の一つとして、彼女たちが実際に惚れているのが「現在の彼」ではなく、むしろ、両親の離婚以後に彼が捨てた「過去の彼」——すなわち、マンガやアニメの世界にはまっていた「かつてのオタク」としての彼であったことが挙げられるだろう。


「それ俺のノートじゃねえかあああああああああああああああああああああ!!」

真涼はニコッと振り返り、

「ご名答。これは季堂鋭太くんの、中学校時代の日記帳です」

「なんでお前が持ってんだあああああああああああああああああああああ!!」

「……」

「中学の時はずいぶんやんちゃだったのね。今の優等生然としたあなたとは大違い。それとも、今でも頭の中はこんな風なのでしょうか？」

「か、返せっ！」

「嫌」

夏川はひらりと身を翻《ひるがえ》した。

「か、返してくれっ！　その日記には、いろいろとヤバイことがぁぁぁッ！」

「安心してください。すでに全ページスキャンして、PCに保存してあります」

「はあああああん⁉」

（『俺の彼女と幼なじみが修羅場すぎる』）


夏川が偶然手に入れてしまった鋭太の日記帳には、俗に「黒歴史」と呼ばれるような、みずからの恥ずかしい体験やかつての考え方が、びっしりと綴られている。この日記帳を中心に、彼をとりまくヒロインたちは、「自らを演出する乙女の会」なる部活を立ち上げる。巻を追うごとに部員を増やしていく同部は、いつしか、鋭太を「恋愛アンチ」にしたトラウマを理解し、次のような「分割支配」の取り決めを交わすこととなる。

もし鋭太の前で仲違《なかたが》いを続けたら、嫌われてしまうかもしれない。

鋭太を悲しませてしまうかもしれない。

そんなことは真涼も千和も望んではいないのだ。断じて。

「……そうですね」

迷いを振り払うように、真涼は頷いた。

「私たちは仲間、『乙女の会』に集った同志です。鋭太くんの前では」

千和も頷いて、

「仲間なら、仲良くやらなきゃね。ケンカしてるところなんか見せたくないし。えーくんには」

「会長もチワワも、わかってくれた！」

姫香は手を叩いて笑顔を弾けさせた。二人の本心にはもちろん気づいていない。

愛衣もようやくカーテンから出てきて、

「うんうん。みんな仲良しってのが一番よね。平和が一番！　……でないと、安心して結婚式に呼べないし」

（『俺の彼女と幼なじみが修羅場すぎる』）

ここには、「個」としてのカップルが、愛と自由（＝正義）を成就《じょうじゅ》するため、「もう一つの世界」をかたちづくる巨大な敵（＝悪）を殲滅《せんめつ》するという、冷戦下にもてはやされたアメリカ型の一方的な勧善懲悪の概念はない。むしろ、平成の世にあって、とりたてて優れたところのない、「かつてのオタク／現在はフツー」という男子のトラウマに触れぬよう、表面的な平和をとりつくろいつつ冷戦的な分割支配（および、相手の諦めによる最終的勝利）を目指すヒロインたちは、敗戦国はあっても、戦勝国なるものは存在しないということ——すなわち、いまだ世界支配をなし得た国はないという、ポスト冷戦期ならではの現実認識を共有しているのである。

第六章　ポスト冷戦下の小説と労働

メタファーとしての一九八〇年代――『1Q84』

二〇〇九年、ロイター通信のインタビューに答えた村上春樹は、「ポスト冷戦の世界というもののあり方を僕らは書いていかないといけないと思う」と語った。それは、七年ぶりの新作長篇『1Q84』の大ヒットを受けての取材だった（「朝日新聞デジタル」掲載記事より、以下同じ）。

真っ向から対立する二つのイデオロギーによって世界を分断する冷戦構造は、一九九一年暮れのソビエト連邦解体によって終わった。その十年後の九月十一日、アメリカ合衆国は同時多発テロの標的となり、イスラム世界はそれを「聖戦」であると主張した。聖戦という言葉は、冷戦の「戦勝国」とみなされたアメリカの正義をあらためて不確かなものとし、ことに、合衆国内部ではブッシュ大統領そのものを「悪」とすることで、ポスト冷戦の世界秩序を模索する動きが加速した。

村上は、こうした情勢を愁いながら、「9・11の事件は、僕は、現実の出来事とは思えない。そうならなかった世界というのは、どこかにあるはず」と、想いを吐露した。村上のこの発言は、なぜポスト冷戦という「現在・未来」を書くために、一九八四年という

「過去」が物語られなければならなかったかを説明する。

　ポスト冷戦期の世界に起こったあらゆる出来事を、ノンフィクション作家のような態度で受け止めてきたのが村上龍であったとするならば、対する村上春樹は、あくまでも純粋なフィクション作家として、そうした現実を受け止めない、という態度を貫いてみせる。

　ここにあるのは、「自分たちの世代が謳歌してきた現実とはこれこれであったが、次世代が直面している現実はそれとは異なりとても厳しい」といった、村上龍的なノスタルジアの否定である。

「今いる世界は本当にリアルな世界かどうかということに、常に僕は疑いを抱いている」と村上春樹が語るとき、その物言いを支えているのは、つまり、「ポスト冷戦の世界」が非現実的であるのはそもそも「冷戦期の世界」が非現実であったからだという、反ノスタルジックなロジックだ。リアルではない八〇年代を書くことにより表明されるのは、春樹自身のノスタルジア（「世界はかつてこうであった」という思い）の否定であり、直線的な時間の流れを基本とする「歴史」という概念そのものの否定である。

　要するに、『1Q84』を書いた段階で、村上春樹の中では、「プレ冷戦→冷戦→ポスト冷戦」という時間の流れそのものが意味をなくしているのだ。

かくして、「ポスト冷戦の世界というもののあり方」は、「メタファーで書くしかない」と春樹は断言するに至るのだが、このとき、肝心のメタファーとなるのは、彼自身が駆け抜けた「一九八〇年代」という冷戦末期の「現代日本」なのだった。

村上春樹の「やれやれ」

一九九〇年代以降の村上龍が、八〇年代型消費社会を中年特有のノスタルジアによって懐かしんだのに対し、村上春樹は、すでに述べたように、『1Q84』を書くに至り、「八〇年代」を懐古の対象にするという行為そのものに疑いを持ち、あらためて、「こうであったかもしれない過去」としての八〇年代をフィクションの中に立ち上げる。

八〇年代という時空間に対する、春樹のこうした逡巡は、まさに春樹文学の持つ「若さ」の秘訣でもある。振り返ってみれば、現代日本にとっての八〇年代とは何であるのか、というテーマは、八〇年代さなかの春樹の中にも、すでに芽生えていたものであった。

何はともあれ、このようにわりに気楽に四年間アメリカの雑誌のスクラップをつづけてきたわけだが、いざ八十一本をまとめて順番に読んでみると（本当は八十五本あったのだがわけあって四本は落とした）、世の中というのはなんのかんのと言っても結構面白いものだったんだなあと、ふとノスタルジックな想いに耽ってしまうことになる。ほんの二、三年前のことに対してである！　たとえば「マイケル・ジャクソンそっくりショー」の項に出てきたマイケルそっくりくんたちは今頃いったいどこで何をやっているんだろうと考えると、ちょっと淋しいようなおかしいような不思議な気持になってしまうわけだ。やれやれ、これはもう歴史ではないか。我々は一九八四年についてこんな風に語ることもできるのだ。マイケル・ジャクソンが世界を席捲していたあ、の、夏……と。

（『'THE SCRAP'』）

この一節は、じつは、一九八七年に刊行されたエッセイ集のまえがきに書かれたものだ。ここでの春樹は、わずか三年前の夏をノスタルジックに思い起こし、マイケル・ジャクソンというポップスターの活躍を、さりげなく、けれども巧妙に歴史化している。そのパフォーマンスは、まさしく一九六二年に他界したマリリン・モンローを、その五年後に、ポップという手法によってアート化してしまったウォーホルのそれを彷彿とさせる。

ただし、春樹の文章からは、六〇年代のポップアートが得意としていた先鋭さが意図的にそぎ落とされ、鈍化されていることには注意しなければならない。たとえば、デビュー当初より、トレードマークのように春樹が用いてきた「やれやれ」という感嘆詞は、「若さ」を強調するポップ的言説に対しての、いわば艶消しのような働きをしていた。それは、八〇年代の日本において、いまだ六〇年代のアメリカ的感性に囚われている自分たちへの、春樹なりの自嘲であり、諦観であった。

先述した穂村弘は、大学生の頃の春樹体験をつづった文章で、バブル期の退廃的ポップのなか、村上春樹という存在がひときわ異様なポップ感を持って存在していたことを、あたかも穂村自身のトラウマのように記述している。

村上春樹は本当に罪深い存在だと思う。当時は全く自覚はなかったが、「なんでこんなにも素敵にうまく書けるんだ」という感慨の核にあったものを考えてみるなら、それは作者、読者、登場人物といった、いわば作品関係者全員の自意識を守り、誰も傷つけず、みんなが気持ちよくなるという離れ技に対する驚嘆にほかならない。

あのイメージと自意識の拡大洗練乱反射の時代（西武百貨店では焼けただれた硝子の

ミッキーマウスが売られていた）に、そんな離れ技の実例を見せられたことによって、私は、そしておそらく私と似たような読者の多くは、生き方においても表現においてもいっそう臆病になったと思う。

（『もうおうちへかえりましょう』）

高度資本主義の行き詰まりを身体レベルで感じ取っていた穂村のような読者にとって、村上春樹の文学は、彼ら自身の「自意識」と「気持ちよさ」を、ともにやわらかく包み込んでくれるものだった。

だが一方で、そうした春樹の「離れ技」が、彼らを「いっそう臆病」にしてしまうとき、春樹によって完結させられつつあった八〇年代日本のポップな言説空間は、同時代を生きる若者たちにとって、決して住み心地のよい場所ではなくなっていたのである。

「雪かき」としての「物かき」

戦後の高度経済成長がひと段落し、日本が本格的な大量消費社会からバブル経済へと突き進んでいく過程にあって、村上龍から三年の遅れでデビューした村上春樹は、「物かき」という職業の隠喩として、「文化的雪かき」という表現を考案した。

「書くというほどのことじゃないですね」と僕は言った。「穴を埋める為の文章を提供してるだけのことです。何でもいいんです。字が書いてあればいいんです。でも誰かが書かなくてはならない。で、僕が書いてるんです。雪かきと同じです。文化的雪かき」

「……」

「君の言わんとすることは俺にもわかるよ」と牧村拓《ひらく》は耳たぶをいじりながら言った。「ときどき俺もそう感じる。こんな文章を書いて何の意味があるのかと。たまに。昔はこうじゃなかった。世界はもっと小さかった。手応えのようなものがあった。自分が今何をやっているかがちゃんとわかった。みんなが何を求めているかがちゃんとわかった。メディアそのものが小さかった。小さな村みたいだった。みんながみんなの顔を知ってた」

そしてグラスのビールを飲み干し、瓶を取って両方のグラスに注いだ。僕は断ったが、無視された。

「でも今はそうじゃない。何が正義かなんて誰にもわからん。みんなわかってない。だから目の前のことをこなしているだけだ。雪かきだ。君の言うとおりだ」
（『ダンス・ダンス・ダンス』）

『ダンス・ダンス・ダンス』（一九八八年）において、ひたすらに拡張する八〇年代のメディアは、あらゆる価値判断を放棄して、兎《と》にも角《かく》にも、そこに流通させるべき商品＝テキスト＝コンテンツを要求するものとして描かれている。

右のシーンで、村上春樹の「僕」は、フリーライターをしている。一方の「牧村拓」は、かつての流行作家——牧村の娘曰く「そんな悪い人じゃないわよ。才能はないけど」——であり、「僕」もその著書を読んだことがあるという。このとき、「僕」も牧村も、ともに「物かき」とされていることは重要だ。もちろん、どちらも現実の村上春樹の投影とは言いがたい。しかしながら、八〇年代の日本にあって「物をかく」という行為は、おしなべて「雪をかく」という行為に等しいものであり、それは物語のはじまりに語られた、「パルプとインクがこれだけ無駄遣いされている」という諦観なしではやれないものだという思いを、この二人の「物かき」は、作者とともに共有しているのである。

『ダンス・ダンス・ダンス』の別のシーンを見てみよう。ここでの「僕」は、牧村とはまた異なった、自分より前の世代の男性と話をし、彼に、高度資本主義社会というものについて訓示を垂れている。

それで僕は無駄というものは、高度資本主義社会における最大の美徳なのだと彼に教えてやった。〔……〕

そうかもしれない、と彼は少し考えてから言った。でも自分は物資不足の極とも言うべき戦争中に子供時代を送ったせいか、そういう社会構造が実感としてよく摑めないのだ、と言った。

「私らは、どうもあなたがた若い人とは違って、そういう複雑なのにはどうも上手く馴染めんですな」と彼は苦笑しながら言った。

僕も決して馴染んでいるわけではなかったが、話がこれ以上長くなっても困るので、別に反論もしなかった。馴染んでいるのではない。把握、認識しているだけなのだ。そのふたつの間には決定的な差がある。

「高度資本主義社会」の仕組みを「把握、認識」する「物かき」たち。彼らにとって、膨大な「パルプとインクの無駄遣い」の結果としてのテキストは、彼ら自身に社会的地位や、文化的優位性を与えはしない。彼らの暮らす「社会」には、彼らコンテンツの生産者を最下層に置き、その上に消費者、さらにその上に「最も巨額の資本を投資するもの」が存在している。そうした社会に生まれた「文化」は、その名もなき大衆たちを、彼らが消費者であるという理由によって中心に位置付け、誰かの労働の結果としてのコンテンツを、みずからの趣味によって取捨選択させるのだ。

結果、デビュー当初こそポップアート的な批評精神を発揮していた作家たちも、この八〇年代の「現代日本」にあっては、その批評精神そのものを作品化し商品化することで、やがて彼ら自身が「ポップそのもの」として消費されていくだろう——。「物をかく」こと、そして、コンテンツを生みだすこと——その暗喩は、『ダンス・ダンス・ダンス』の場合、ポップな「大量消費音楽」であった。

そして実に久し振りにラジオのスイッチを入れ、ロック・ミュージックを聴きながら西に向かった。大抵はつまらない音楽だった。〔……〕くだらない、と僕は思った。ティーン・エイジャーから小銭を巻き上げるためのゴミのような大量消費音楽。

でもそれからふと哀しい気持ちになった。

時代が変わったのだ。それだけのことなのだ。

僕はハンドルを握りながら、僕らがティーン・エイジャーだったころにラジオからながれていた下らない音楽を幾つか思い出してみようとした。〔……〕

同じようなものだった。

何も変わってやしない。いつだっていつだっていつだって、物事の在り方は同じなのだ。ただ年号が変わって、人が入れ替わっただけのことなのだ。こういう意味のない使い捨て音楽はいつの時代にも存在したし、これから先も存在するのだ。月の満ち干と同じように。


村上龍の最大の関心が、ポップ文化の「消費」に向けられていたのに対して、村上春樹の文学的主題は、そうしたポップ文化の「生産」、あるいはそれを維持するための「労働」に向けられている。その労働の結果としてのテキストは、右の引用にあるように、現代文化を実質的に動かしている「意味のない使い捨て音楽」とそっくりだ。だが、一方で、プロフェッショナルな作業の結果としてのそれは、やはり少しだけ違いを見せるのではないだろうか。そうした、春樹自身の一縷《いちる》の望みを託されもした『ダンス・ダンス・ダンス』の「僕」は、自分の「物かき」としての希少性を、次のように語ってみせるのだった。

> 率直に言って、この種の取材を僕みたいに丁寧にやる人間はそれほどはいないだろうと思う。真面目にやれば本当に骨の折れる仕事だし、手を抜こうと思えば幾らでも抜ける仕事なのだ。そして真面目にやっても、手を抜いてやっても、記事としての仕上がりには殆ど差は出てこない。表面的には同じように見える。でもよく見るとほんの少し違う。
>
> （傍点引用者）

労働ではなく趣味で書く

龍・春樹のW村上にとって、作家は「職業」であった。彼らは物語を紡ぎだす生産者であり、ポップな感覚を提供するサービス業者であり、「物かき」という労働者であった。こうした彼らの「自覚」、あるいは「自意識」は、高度資本主義経済の現代日本において、小説家もまた大衆の一人であるというメッセージとなった。ポップであることが自己目的化した社会においては、そうした彼らのメッセージは、強烈な「呪縛」として、当時の読者に届けられた。

それから二十年以上が経過し、W村上の文学を「教養」として読んできた一九七〇−八〇年代生まれのラノベ作家たちは、けれども自分たちが、すでにポップが力を持たない世界で「物かき」を行っていることを自覚している。なによりも、バブル経済崩壊以後の日本にあっては、むしろ「労働」それ自体が、ポップであれという呪縛からすでに解き放たれていた。

ポップであることが自己目的化していない、ある意味で正常な社会にあっては、労働から切り離された「学生」という存在は、あくまでも社会人予備軍に過ぎない。その「予備軍的状況」からの逃避を選ぶものたちは、オタク、ひきこもり、ニートと呼ばれる。そんな彼らとの心理的近さを大切にしながらも、ラノベの主人公たる「ぼっち」たちは、逃避ではない「日常」を生きようとしている。

こうした「ぼっち」たちの態度は、それを物語る作家たちにも共有されるのだが、たとえば、二〇〇二年のデビュー作『クビキリサイクル』から始まる〈戯言《ざれごと》シリーズ〉によって一躍二〇〇〇年代のラノベ業界を牽引する存在となった西尾維新の創作態度は、その代表と言えるだろう。

質量速さ、ともに驚異的な執筆活動を続ける西尾は、ミステリー仕立ての物語を得意とする作家であり、なかでも〈物語シリーズ〉は、アニメ化および劇場映画との連動を本格的に推し進めることにより、メディアミックスというラノベの可能性を、最大限に引き出すことに成功している。しかしながら、そうした商業的成功を横目に見やりつつ、あくまでも「物かき」に徹する西尾は、みずからの営みが紛れもなく「労働」であることを自覚しながらも、あえて「これは労働ではない」と断言してみせる。

『一〇〇パーセント趣味で書かれた小説です。』

『化物語』をそんなフレーズと共に世に送り出してから幾年が過ぎ、今、シリーズ化したその世界観に何度目かのピリオドを打つ一冊『恋物語』をお届けできることをとても嬉しく思います。

冊数にして十二冊目。

ここまでくればそろそろ『趣味』から『労働』になっているのではと思いきや、さにあらず。

むろん、素晴らしいアニメを作っていただいたり、別シリーズを始めてみたり、今回のような大々的なフェアを開催していただいたり、『発表する気もなく自分用に書いた』とはさすがに言えなくなっておりますが、それでも意欲そのものはあの頃と同じです。って言うか、たぶん『労働』だったらこんなには働かない。

（「講談社メールマガジン」）

労働だったらこんなには働かない——。

ライトノベルの執筆が、たとえば「文化的雪かき」のようなものになってしまうのであれば、それはもはや「ライト」とは呼べない。西尾が意識的に繰り返す、書けて書けて仕方がない、という言説は、八〇年代日本のポップ世代＝バブル世代が拭い去れなかった「労働」というものへの後ろめたさを、なんとかして断ち切ろうとするラノベ作家のパフォーマンスである。

西尾と同様に、平坂読もまた、『僕は友達が少ない』第一巻のあとがきで、やはりみずからの労働性を否定するようなパフォーマンスをしてみせる。

この小説は僕の友達の少なさやコミュニケーション能力の低さやネガティブな性格や人生経験の少なさや駄目な妄想癖を生かして書いた、かなり趣味的な作品です。自分にとって最も読みやすいスタイルで、最も書きやすいスタイルで、最も好きなキャラ造形で、最も面白いと思うノリで、最も心地よい物語を書きました。

〔……〕

そんな作者の趣味全開の小説ですが、できれば自分以外の人にも面白がってもらえれば幸いです。どちらがよりこの作品を楽しめたか俺と勝負だ！

引用の最後、「できれば自分以外の人にも」という言い回しに、本来なら含まれるはずの作家の照れがないこと（あるいは、その「照れ」そのものをネタにしてしまう態度）は、ラノベ作家の特徴と言えるだろう。

平坂の言う「物語」とは、つまりは「自分にとって最も心地よい物語」であるべきで、それは書かれる端から商品化され、書き手と読み手の双方の「趣味」を同時に満足させるといった、ラノベの理想を照らし出すものなのである。

第七章　ラノベのなかの「個」

労働と学生――『やはり俺の青春ラブコメはまちがっている。』

W村上が、その文学的主題のひとつに据えた「ポップな現代日本」から四半世紀を過ぎ、「ぼっち」たちのコミュニケーションツールとして召喚されたラノベのテキストは、そのモチベーションが、徹底して「個」にあることが要求されている。

すでに紹介した渡航は、一九八七年生まれの兼業作家だが、その作品のアニメ化が決定した二〇一二年において、もっとも働いているラノベ作家のひとりであろう。『やはり俺の青春ラブコメはまちがっている。』第五巻のあとがきで、渡は、兼業作家という自身の境遇をネタにしつつ、次のように書いている。

> 通勤電車に乗ってると、見かけるんですわ。今まさに東京ディスティニーランド〔引用者註・ディズニーランドのこと〕に向かわんとする若者たちの群れ。帰宅時に吊り革摑まってうつらうつらしてると、ネズミの耳、略してネズ耳つけたカップル……。
> そういうのを見かけるといろいろ考えてしまうんですよね。俺の学生時代はなんだったんだろうとか、俺はなんで働いてるんだろうとか、俺はどうして働いてるんだろうと

か、俺は何故働いてるんだろうとか、ほんとにまぁいろいろですよ。

「俺はなんで／どうして／何故働いてるんだろう」と自問を重ねる渡だが、その答えはすでにして明らかだ。自分がもはや「学生ではない」という事実、それだけが彼が働かねばならない理由なのである。デビュー作であるライトな時代小説『あやかしがたり』での商業的失敗を乗り越え、『僕は友達が少ない』などの「ぼっちもの」に路線変更した渡にとって、学園モノというラノベの王道を書くことは、「労働のない世界」を描くことを意味していた。

高校生活においては徹底した「ぼっち」を気取り、希望する職業を尋ねられれば「専業主夫」とうそぶく、『やはり俺の青春ラブコメはまちがっている。』の主人公は、そうは言いつつも、ひきこもりになる将来より、社会に出て働くといった将来が、絶対的に正しいこと（というよりも、その運命から逃げられないこと）を知っている。

古人曰く、働いたら負けである。

労働とはリスクを払い、リターンを得る行為である。

畢竟《ひっきょう》、より少ないリスクで最大限のリターンを得ることこそが労働の最大の目的であると言える。

小さい女の子、つまり幼女が「将来の夢はお嫁さん」と言い出すのは可愛さのせいではなく、むしろ生物的な本能にのっとっているといえるだろう。

よって、俺の「働かずに家庭に入る」という選択肢は妥当であり、かつまったくもって正当なものである。

従って、今回の職場見学においては専業主夫にとっての職場である、自宅を希望する。

（『やはり俺の青春ラブコメはまちがっている。』）


これは、主人公である比企谷八幡《ひきがやはちまん》の記入した、「職場見学希望調査票」の理由欄である。あたかも「イマドキの男子高校生の考え」の一例を装った八幡青年の回答だが、奇妙であるのは、そのように「働かないこと」を理想とする彼が、一方で、大学進学をまじめに考えているという事実である。

俺の通う千葉市立総武高校は進学校だ。生徒の大半が大学進学を希望し、また実際に進学する。当然、高校入学時から大学進学を念頭に置いている。
最初から四年間のモラトリアムを計算に入れているためか、将来への展望というのは希薄だ。ちゃんと将来のことを考えているのなんて、俺くらいのものだろう。絶対に働かない。

ゆとり世代の果ての、「大学全入時代」に生きる八幡青年にとって、高校と大学はほとんどつなぎ目のない「学生生活」であり、同じ一つの「労働のない世界」をかたちづくっているのだ。

労働者なき階級闘争

ただし、渡航の描く学生生活には、「労働」はなくとも「階級」が存在する。等しく労働しない貴族的生活の中にあって、八幡青年の日常を息苦しいものにしているそれを、小説は「カースト」という比喩によって語ろうとする。

サッカー部二人とバスケ部の男子三人組に女子三名。その華やかな雰囲気から一目で彼らがこのクラスの上位カーストにいることがわかる。ちなみに由比ヶ浜もここに属している。

（『やはり俺の青春ラブコメはまちがっている。』）

リアル・ライフの充実度によって、最上位から最下層にまで自動的に振り分けられるクラス内カースト。かつての一九七〇－八〇年代におけるジャパニーズ・ポップが対象にしていたのは、まさにこの最上位から中間層にかけての「若者」であり、それはそのままポップの意味する「大衆」の候補生であった。八幡青年は、彼ら大衆候補生への不信を募らせつつも、そのカースト制度そのものからドロップアウトすること——すなわち、本物の「オタク」や「ひきこもり」になって、学生生活から退くような事態は避けたい、と願うがゆえに、「ぼっち」という特異なポジションを狙っている。

物語は、そうした彼の視点を借りて何度となく教室全体を眺めているうちに、実は、上位カーストにいるポップなクラスメイトたちの中にも、カースト制度そのものに疲れ、「ぼっち」への憧れを抱いてしまうものたちがいることを発見する。先の引用にも現れた、由比ヶ浜もその一人だ。

気づいちゃいたが由比ヶ浜はアホの子だった。しかし、意外なことにちゃんと謝れる子であるらしい。

少し見た目の印象と違うように思う。てっきり彼女が属するグループ、あのサッカー部の連中やその周囲の人間同様に、遊ぶこととセックスとドラッグのことで常に頭がいっぱいだと思っていたのに。村上龍の小説かよ。

（傍点引用者）

クラス内カーストに息苦しさをおぼえる「ぼっち」たちの共闘は、いわば労働者なき階級闘争である。そこで標的とされるのは、「村上龍の小説」に象徴される、ポップで、けれども退廃的な青春を謳歌《おうか》する、上位カーストのクラスメイトであったのだ。

変化を望まない「若者」たち

二〇〇七年の段階で、村上龍は、「終戦後から60年代までのような変化」が起きない現代日本は、若者にとって、きわめてチャンスの少ない社会となるだろう、と書いた。このとき、村上の前提とする若者像とは、「変化に対応することでエスタブリッシュメントに対抗」する存在とされていた（『69 sixty nine』文庫版あとがき）。

一方で、「自分が変わらずにいても、世界は、周囲は変わっていく」と、渡航の八幡青年は言う。「それに取り残されたくないから必死であとをついていっているだけなんじゃないだろうか」と、変化に対応したがらない若者たちの気持ちを代弁することで、彼は村上龍世代の若者像に喰ってかかる。

> なぜに人はノスタルジーに惹かれるのだろうか。「昔は良かった」とか「古き良き時代」とか「昭和のかほり」とか、とかく過ぎた日ほど肯定的に捉える。
> 過去を、昔を懐かしみ愛おしく想う。あるいは変わってしまったこと、変えられてしまったことを嘆き悔やむ。
> なら、本来的に変化というのは、悲しむべきことなんじゃないだろうか。
>
> （『やはり俺の青春ラブコメはまちがっている。』）

村上龍と異なり、渡の描く二〇一〇年代の「ぼっち」は、「変化すること」の意味を、「若者と変化」や「進歩と変化」という組み合わせの中で考えようとはしない。そもそも、ライトノベルの世界にあって、いつまでも変わらないでいることは主要なテーマであった。青少年はすべからく成長すべしという「大人」の側の教えを金科玉条とした、従来のジュブナイル小説とも異なるラノベは、九〇年代より、同時代の社会学者である宮台真司がいうところの「終わりなき日常」を地で行く物語を好み、それを量産してきた。

だが一方で、ハルヒ以後のラノベには、「終わりなき日常」がいつか終わるということを意識した「ぼっち」たちが溢れるようになった。「自分が変わらずにいても、世界は、周囲は変わっていく」という八幡青年の感覚は、まさにその「ぼっち」的日常の不安定さを物語っている。

そして、「なぜに人はノスタルジーに惹かれるのだろうか」と自問する八幡青年は、変化することに怯《おび》える旧世代の側の感覚に（むしろ）共感し、「今ここ」に生きている自分も、やがて遠い未来からそれを懐かしむときがくることを想像している。その来たるべき日において、変化に身を任せて突き進み、すっかり変わりきってしまった未来の自分は、かつての自分を振り返っていかなる感慨を抱くのか。

「懐かしみ愛おしく想う」ことと、「変えられてしまったことを嘆き悔やむ」ことは、渡にとっては一つの同じ感情だ。だからこそ、「本来的に変化というのは、悲しむべきこととなんじゃないだろうか」という結論を早々に出してしまった彼は、「今ここ」で変化に対応しようともがき苦しむ若い自分を抑制し、ここから先、変わらない「個」として、変わり続ける「世界」の中に生きたいと願うのだった。

ノスタルジアとノストフォビア

本書はここまで、一九五二年生まれの村上龍や、一九六二年生まれの村上隆らが総括した彼らなりの「現代日本」を、一九七〇－八〇年代生まれの書いたラノベの「現代日本」と対比してきた。そうすることで、二〇〇〇－一〇年代のラノベの向こう側に、すでにノスタルジアの対象としてしか機能しない、ポップとオタクの世界観を垣間見てきた。

現代におけるノスタルジアの在り方を概観した四方田犬彦は、その反対の作用として、思い出すことすら厭《いと》われる過去への想いというものを「ノストフォビア」(帰郷嫌悪)と呼んだ。ノストフォビアとは、「故郷で受けた迫害と屈辱のいっさいに堅く口を噤み、想起に怯え、過去をめぐって異常なほどの嫌悪と恐怖を抱く」という「精神の動き」である。このノストフォビアという概念を用いると、ラノベに登場する「ぼっち」たちのこだわりどころが、随分と明らかになる。

たとえば、すでに挙げた『俺の彼女と幼なじみが修羅場すぎる』の季堂鋭太なども、「オタク」であったみずからの「中二」時代を「黒歴史」と呼び、その記憶をちらつかされるたびに、「無ゥ理無理過去を受け入れるとか無理すぎィ！」と絶叫するのだが、四方田の議論に比べ、他人からすれば切実さに欠けるような彼らのノストフォビアを、それこそ若者の死活問題として設定してしまう態度こそが、ラノベの「軽さ」の本質であるのだろう。

ここには同時に、「オタク」を旧世代の産物として（ノスタルジアではなく）ノストフォビアの対象に据えようとする、ハルヒ以後のラノベの姿勢が見えてくる。その姿勢は、たとえば「中二病」への当てつけとして考案された、「高二病」なる造語にも明らかだ。

「高二病は高二病だ。高校生にありがちな思想形態だな。捻《ひね》くれてることがかっこいいと思っていたり、『働いたら負け』とかネットなどでもてはやされているそれらしい意見を常に言いたがったり、売れている作家やマンガ家を『売れる前の作品のほうが好き』とか言い出す。みながありがたがるものを馬鹿にし、マイナーなものを褒め称える。そのうえ、同類のオタクをバカにする。変に悟った雰囲気を出しながら捻くれた論理を持ち出す。一言で言って嫌な奴だ」

「嫌な奴って……。くそっ！　だいたい合ってるから反論できねぇ！」

「いや、褒めたぞ？　近ごろの生徒は実に器用で上手に現実と折り合いをつけてしまうからな。教師としては張り合いがないのだよ。工場で働いているような気分になる」

「近ごろの生徒は、ですか」

俺は思わず苦笑してしまった。出たよ常套句。

とまあ、俺がうんざりして軽く論破の一つもしてやろうかとすると、平塚先生は俺の目をじっと見てから肩を竦《すく》めた。

「何か言いたそうにしているが、君のそういうところがつくづく高二病だと私は思うよ」

引用したのは、『やはり俺の青春ラブコメはまちがっている。』にある、少年漫画オタクのアラサー女性教師と、「ぼっち」たる八幡青年の会話だ。ここには、教師と生徒の世代差に加え、生徒自身の内に潜む時間差が問題とされている。すなわち、「近ごろの生徒」という教師の常套句を、旧世代の側の特有のノスタルジアとして苦笑いする八幡青年は、反対に、そうした彼の「捻くれ方」こそが、素朴なオタク的感情の発露たる「中二病」を卒業したものに特有な「高二病」であると指摘され、返す言葉を失う。

「かつてのオタク／現在はフツー」という、「ぼっち」なラノベ主人公のアイデンティティ。確かにそれは、ライトノベルがオタク文化に抱くノストフォビアの表れであるのかもしれない。だが、次の引用で四方田も指摘するように、ノストフォビアという精神の動きを具体化するならば、「過去のいっさいと訣別して、ただ精神を未来にのみ向け、たゆまぬ前進に身を委ねてゆく」という道を採る以外に方法はなく、それが作品に昇華されることはほとんど不可能なことであった。

過去のいっさいと訣別して、ただ精神を未来にのみ向け、たゆまぬ前進に身を委ねてゆくということは、個人の実存的選択としては考えられうるし、現に多くの政治的選択はこうした情熱によって支えられてきた。もっともこの〔引用者補足・ノストフォビアという〕言葉がノスタルジアと論理的に拮抗するはずでありながらも、一度も美学的には使用されてこなかったし、文学的想像力の核にあるものとして作品化の契機をもたなかったことも、否定できない事実である。

（「帰郷の苦悶」）

確かに、ラノベはみずからの「黒歴史」へのノストフォビアを描いてはいるものの、どうしても「たゆまぬ前進」という行為を語るには至らない。「かつてのオタク／現在はフツー」という揺らぎの存在ともいえる「ぼっち」たちは、その揺らぎの中にこそ留《とど》まり続けようとしている。そして、たとえば渡航にとっての学園モノが、「労働のない世界」という、働く作家自身のノスタルジアを語るテキストであったように、渡に創出された八幡青年という「ぼっち」もまた、昔を懐かしむという行為そのものを否定せず、「過去の俺も、今の俺も否定する気はさらさらない」と言ってのけるのだ。

ここから明らかになるのは、ノストフォビアの対象であった過去をときにマゾヒスティックに反芻《はんすう》しながら、未来のノスタルジアの内に、その青春らしからぬ青春を再構築していくという営みこそが、「ぼっち」語りの実体であるということだろう。

事実、渡の八幡青年は、彼の青春観をこう語る。

青春。

漢字にしてわずか二文字ながら、その言葉は人の胸を激しく揺さぶる。世に出た大人たちには甘やかな痛みや郷愁を、うら若き乙女には永久の憧れを、そして、俺のような人間には強い嫉妬と暗い憎悪を抱かせる。

（『やはり俺の青春ラブコメはまちがっている。』）

終　章　現代日本というノスタルジアの果て

時間の不可逆性と回帰性

序章で私は、「まちがっても、ラノベの世界に現代日本の病理を読み取る、というようなことはしない」と書いた。同様に、ラノベのなかの「ノスタルジア／ノストフォビア」に対してもーーそうした精神の動きこそが、いつでもその世代にとっての「現代」をかたちづくってきた、と分かった今だからこそーー私はやはり、そこに現代の病理を読み取ろうとは思わない。

確かに、ノスタルジアと言えば、かつては深刻な病であった。十七世紀後半のスイスでその名を考案された病は、十八世紀から十九世紀に至るまで、身体的にも精神的にも、あるいは思想的にも、専門家によって治癒されるべき対象であった。

しかし、現代社会において、ノスタルジアは病であることをやめてしまった。なにしろ、現代人はすでに病んでいるのだから、「今ここ」からの逃避を促すノスタルジアは、そのようにすでに病んでいる身体と精神を治癒するものとして、私たちの日常に必須の感情とされるようになったのである。

二十世紀に入り、「ノスタルジア」という用語は、いわゆる懐古趣味やホームシックと同義のものとして一般に用いられ、ことに六〇年代におけるカウンターカルチャーの熱狂が去ったあとのアメリカでは、ノスタルジアブームと呼ばれる現象がテレビ番組およびハリウッド映画を中心として巻き起こった。また、そうした「西側」のブームとは直接的には重ならないながらも、東側の諸国からの（政治的あるいは精神的な）亡命者たちにとっての「ノスタルジア」は、冷戦期を通じて、極めて深刻な感情として語られるようになった。その最たるものが、一九八三年に公開されたアンドレイ・タルコフスキー監督作品『ノスタルジア』であった。ふたたび四方田犬彦の言葉を引いてみよう。

二〇世紀という、強制収容所と全体主義によって後世に記憶されるであろうこの百年は、いうまでもなくおびただしい数の故郷放棄者、亡命者、難民を生み出してきた。彼らのいくたりかが、追い立てられるようにして後にしてきた故国に対して、タルコフスキーのフィルムの登場人物よろしく、燃え立つように激しい望郷の念に駆られてきたことは事実である。だがその一方で、故郷で受けた迫害と屈辱のいっさいに堅く口を噤み、想起に怯え、過去をめぐって異常なほどの嫌悪と恐怖を抱くという場合も、当然のことながら考えられる。〔……〕

ノスタルジアの心象が覆う領域は人間のはるか無意識の真奥にまで根を張っていて、意識的な決断であるノストフォビアのそれを軽々と包みこんで、はるかに余りがあるといえる。したがってある作家のなかに故郷への強い憎悪と、それを凌駕するばかりのノスタルジアが同居していることは珍しいことではないし、むしろあらゆるノスタルジックな衝動はなにがしかの度合いでノストフォビアを密かに含みもっているがゆえに、いっそう強い情動的な電荷を帯びるといってもいいかもしれない。

（「帰郷の苦悶」）

故郷を捨てることは、意識的なノストフォビアなしには成し得ない。だが、同時に人は、いずれすべては許される時が来ることを、意識するまでもなく、故郷を捨てるという行為の起点において了解している。四方田は、ミラン・クンデラの小説『存在の耐えられない軽さ』を引き合いに出しつつ、過去を美化するノスタルジアがこれほどまでに強く現代人の心を支配してしまうのは、ひとえに、私たちが「世界に反復も回帰もない」という「時間の不可逆性」を暗黙の了解としているからだと論じる。

喉元過ぎれば熱さを忘れる。二度と戻らぬ過去は、それが苦しく悲惨であるほど、未来への教訓とはならずに、甘美なノスタルジアという別物として現在によみがえる。だが、そうしたノスタルジアをめぐる「ニヒリズム」が、ときにノスタルジアに望んで囚われようとするアーティストたちにとっての、乗り越えるべき課題であったことも事実である。

例えば、一九七五年のヒット曲「時代」において、中島みゆきは、「そんな時代もあったねと／いつか話せる日が来るわ」と、時間の不可逆性に起因するノスタルジアの効能をうたいつつ、それに続けて、「まわるまわるよ時代は回る」というように、聴き手に対し、輪廻のように回帰する、反近代的な時の流れを印象づけてみせた。二番の歌詞を見てみよう。

旅を続ける人々は
いつか故郷に出逢う日を
たとえ今夜は倒れても
きっと信じてドアを出る
たとえ今日は果てしもなく
冷たい雨が降っていても

めぐるめぐるよ時代は巡る
別れと出逢いをくり返し
今日は倒れた旅人たちも
生まれ変わって歩きだすよ

引用した歌詞のなかで、捨ててきた故郷への帰り道を知らない旅人は、一度ならず、何度となく死ぬことによってようやく故郷に「出逢う」。つまりは、中島の歌うノスタルジアとは、永遠に回帰し続ける時の流れの中で、その完成がどこまでも遅延され、遂には故郷喪失者の命を差し出すことにより、偶然的に到達されるものなのであった。

時間は本当に不可逆的なのか、それとも、一個人の人生を超越した地点では、永遠に回帰するものなのか。その普遍的な問いかけに答えを出すことはできない。しかしながら、「現代日本」という、時間的にも空間的にも限定された括《くく》りにおいて、ノスタルジアとは、それ自体が近現代人に特有の、前近代、あるいは反近代を志向する感情として表出してきたことは確かである。

前近代というノスタルジア

一九五六年の「もはや戦後ではない」宣言以来、一九六四年の東京オリンピックから一九七〇年の大阪万博にかけて、かつての「現代日本」は、圧倒的な未来志向のうちにあった。「戦後ではない」宣言の翌年にデビューした作家の星新一は、昭和の終わりになって、「たしかに、万博のころが絶頂だった」と当時を振り返りつつ、彼自身も熱狂した「未来論」のにぎやかさを懐かしんでみせた（『きまぐれ遊歩道』）。敗戦からの経済的かつ精神的な復興は、言うなれば、未来論という名の、強烈なノストフォビアの賜物《たまもの》であったと言えるかもしれない。

けれども、まさにその万博をターニングポイントとして、学生運動の失敗と高度成長の失速の予感に放りだされた「現代日本」は、にわかに前近代的でエキゾチックな表象を追い求め始める。このことは、例えば「太陽の塔」が、その頂点の顔で「未来」を意味しつつも、「樹木」になぞらえられたその塔全体としては、万博の象徴する「直線的な進歩」への不信感を露骨に表明していたといった事実とも呼応する。

また、一九七〇年代の横溝正史ブーム、および角川文庫ブームの火付け役となった『八つ墓村』が、前近代（八つ墓村の歴史）と近現代（都会からの帰郷者）の仲介者として、彼自身はどこの馬の骨ともつかぬ金田一耕助という男をヒーローとして祭り上げたことも、象徴的であった。

美しくもおどろおどろしい、近代国家にそぐわぬ「田舎」の再発見。それは、当時の国鉄のキャンペーン「ディスカバー・ジャパン」とも足並みをそろえ、ポスト戦後を生きようとする「現代日本」のノスタルジアを形成していった。写真家・中平卓馬《なかひらたくま》は、一九七三年に刊行された『なぜ、植物図鑑か』において、同キャンペーンについて次のように見解を述べている。

国鉄のディスカバー・ジャパンの大々的なキャンペーンが始ったのは、たしか七〇年の後半、六〇年代後期の「叛乱」がようやく鎮圧され、あれほどまでに叫ばれた「七〇年決戦」もついに不発のまま、それまで街頭をおおっていた何事かへの予兆が次第に薄れていった頃である。それ以後、その空白を埋めつくすかのように国鉄の駅という駅、車輛という車輛にDISCOVER JAPANのマークとひなびた農村、漁村を歩く都会の女たちのイメージが氾濫しはじめた。〔……〕ディスカバー・ジャパンは縦、横二つの主要な軸から成り立っている。ひとつは、先にあげた「昔をのぞこう」にみられる、古き良き日本への回帰を鼓吹する歴史的な軸であり、もうひとつはありもしない「故郷《ふるさと》」へ帰ろうという空間的な軸である。もとよりこの二つはともに他ならぬ今ここ、という現実からわれわれを吸引し、疎隔させることではまったく同じことである。

こうした七〇年代初頭を覆った「現代日本」のノスタルジアの有りようは、実のところ、ディスカバー・ジャパンとまったく正反対の政治的ベクトルを持つ、大江健三郎の文学にも見ることができる。たとえば、『万延元年のフットボール』（一九六七年連載）において、大江は、四国の森における前近代的社会の革命史を、現代の学生運動の挫折とオーバーラップさせてみせるのだが、その試みは、谷間の村＝前近代という時空間を徹底して解体することによって、やがてディスカバー・ジャパンが「われわれを吸引し、疎隔させ」ようとするであろうポスト戦後の「今ここ、という現実」に、物語の主人公・蜜三郎と読者である「われわれ」をとどめておこうとするものであった。

考えてみれば、アメリカから帰って来た鷹四が、悪い夢に叫び声をあげて眼ざめた僕を、

――新生活をはじめなければいけないよ、蜜、と急襲して、いま蜜が東京でやっているすべてのことを放棄して、おれと一緒に四国へ行かないか？　それは新生活のはじめ方として悪くないよ、蜜！　といった時、はじめて十数年ぶりに実在としての谷間の村が僕に戻ってきたのであった。そして僕は自分の「草の家」を探すべく谷間へ帰ってきた。しかし僕は、弟がアメリカの放浪生活において皮膚に埃《ほこ》りのようにたまらせてきた思いがけない沈鬱さに一杯くわされていたにすぎない。〔……〕僕にとって谷間はこの旅行の最初から実在しなかったのである。

（『万延元年のフットボール』）

ここで、大江健三郎自身をモデルにした蜜三郎（弟たちには蜜と呼ばれている）の故郷行が、端的に「旅行」とされていることは注目に値する。アメリカ帰りの運動家である弟の勧めに応じて、東京から前近代的な四国の谷間の村に「戻ってきた」はずの主人公は、そのノスタルジックな帰還が、結局のところ、目的地の実在しない「旅行」に過ぎなかったことを認めているのである。

こうした旅の内実を明らかにするため、改めて中平の評論を参照してみよう。

あえて話を大仰にしてしまえば、われわれに残されたたった一つの旅は空間的な旅ではなく、垂直な旅、この現実に踏みとどまり、この現実を破砕してゆく、そのような旅である。〈都市〉も〈村〉も、〈近代〉も〈前近代〉もすべてひとしなみな資本の論理によって貫かれている以上、〈村〉へ帰り、〈前近代〉に憧れたところで、そこに行きついてわれわれが見るものはふたたびわれわれ自身の顔である。

（『なぜ、植物図鑑か』）

中平の言う「垂直な旅」とは、ノスタルジアの誘惑に抗《あらが》おうとする姿勢であり、そうした旅を推奨する中平自身にしてみれば、「空間的な旅」とは、たんなる現実逃避、あるいは、国家権力の目くらましに他ならなかった。

しかしながら、ノスタルジアに突き動かされた「空間的な旅」の果てにも、やはり「われわれ自身の顔」という「現実」が待っているのだとするならば、むしろそちらの迂回路をとることもやぶさかではない、としたのが大江健三郎の文学実践だったと言える。つまり、『万延元年のフットボール』以降、大江が執拗に繰り返したのは、「谷間の村」への

「空間的な旅」にあえて身を投じることで、ようやくにして「われわれ自身の顔」に到達するという、ノスタルジアを偽装した「今ここ」への「旅行」だったのだ。

そして、大江にしろ横溝にしろ、彼らの「現代日本」を「現代」たらしめているのは、第二次世界大戦による断絶感に他ならなかった。生々しい戦争体験から一転、高度成長の果てのノスタルジアとして立ち現れてきた「前近代的日本」の姿。これはまた、徹底的に商業路線を貫き成功を収めた角川映画ブーム(第一作は『犬神家の一族』)であるとか、はたまた川端康成のノーベル文学賞受賞講演「美しい日本の私」(一九六八年)といったものとも同期する現象であろう。

だが、前近代的な日本への彼らのこだわりは、「戦後」が終わったあとの「ポスト戦後」を生きる読者とのあいだに、また別の断絶感を生みだした。たとえば、『八つ墓村』の最大のトリックである、「満州でひどい苦行をしてきたために、すっかり人相がかわってしまって」というくだりは、一九七七年公開の松竹映画においては完全に書き換えられ、舞台そのものも七〇年代へと移行されてしまっている。

このことは、一九八〇年に雑誌掲載された村上春樹の第二長編が、『一九七三年のピンボール』(書籍名は『1973年のピンボール』)という題をとり、『万延元年のフットボール』

が抱え込もうとした一世紀という歳月を、たった十年にも満たない「近過去」へのノスタルジアとしてまとめあげてしまったこととも無関係ではない。本書の第五章において確認した、「ポスト冷戦」に生きる村上春樹が「近過去」へのノスタルジアに可能性を見るという姿勢は、すでにこのときから始まっていたとも言える。

寺山と啄木の「望郷の歌」

一九六〇年代から七〇年代にかけての現代日本では、純文学や大衆文学や流行歌を問わず、ノスタルジアという精神の動きの極めてラディカルな実験が行われ、そして、急速にその規模を縮小させていった。

その背景には、終戦というものが一定の距離感のもとに語られるようになったことのみならず、ノスタルジアの原点となるべき「農村」の、文字通りに不可逆的な変化と、それに対応する、「家」という概念の転換があった。このことを、社会学者の見田宗介《みたむねすけ》は、一九六五年の論文で次のように論じている。

家庭化時代とよばれるものの本質は、日本における、「出稼ぎ型」の社会構造・生活構造・意識構造の解体を予知するものである。「安心立命」の地としての「家郷」は今や、そこから出でてそこに還るべき所与としてでなく、自らここに建設すべき課題として現われはじめる。〈家郷〉は本来、人間がそこから出発する所与の原点としてあった。したがって、家郷の創造とは一つの逆説であり、形容矛盾であらねばならない。そこには実は、日本の民衆にとっての〈家郷〉の観念の意識されないコペルニクス的転回がある。

その背後にはいうまでもなく、農村における自然村秩序の解体と大家族制の実質的な崩壊の最後の局面の現実がある。

（「新しい望郷の歌」）

当時、見田の言う「コペルニクス的転回」に、誰よりも積極的な働きかけを行っていたのは、詩人の寺山修司であった。寺山の『家出のすすめ』（一九六三年に別題で出版、一九七二年に現題で文庫化）は、農村から都会へといった、物理的な「家出」に身を投じようかと迷う若者たちの心を捉えた。

現代のような道徳の過渡期にあって、「何をすべきか」「何をすべきではないか」How to live の法則はどこにあるのか！
　ということの基準を作ることを主体の確立と呼ぶならば、それは百の論理よりも、一つの行動に賭けてみるということではないでしょうか！

（『家出のすすめ』）

　こうした、一見すると衝動的な寺山の「故郷を捨てよ」というメッセージは、およそ半世紀前を生きた石川啄木に対する寺山自身の熱い想いもあいまって、大江健三郎とも共鳴する、当時の文学的ノスタルジアのスタンダードとなった。「故郷の啄木」という論評において、寺山は、同じ東北出身の歌人たる石川啄木の「ふるさと」について、次のような解説をしている。

　少年時代の啄木は、「ふるさとを愛しながら、ふるさとにいることができない」という矛盾に悩まされていた。そしてその理由は、避けがたい外的状況との葛藤から生まれているのではなく、啄木自身の内的な事情によるものだということも啄木は知っていた。

（「故郷の啄木」）

一八八六年に岩手で生まれた啄木は、一九〇八年に上京するも、四年後の一九一二年に夭折する。享年満二十六歳。明治時代に生きた歌人は、明治時代の終焉とともに永眠した。そんな啄木を、寺山は「近代主義との内戦の敗残者」の一人と考え、次に引用する啄木作品の中の「村を逐はれ」た教師を例に、ふるさとに居つづけることのかなわなかった明治人たちの悲哀と自虐と自己肯定とを暴露してみせる。

酒のめば
刀をぬきて妻を逐《お》ふ教師もありき
村を逐はれき

寺山は、これを引用した後に、「おそらく、教師とは啄木自身のことなのであろう」と説明し、その上で、啄木は「ほんとうは『刀をぬきて自分自身を逐いたい』のに、妻を逐っていってしまう」と、寺山自身の読みを展開する。

私にとってこの歌が興味深いのは、この歌には「その後の教師」についての何らの描写も暗示もなく「残された妻」についての何の描写も暗示もない、ということである。

〔……〕

おそらく、そんなことは啄木の興味の対象ではないのだろう。なぜならそれは、ある日の啄木自身の「日録」であり、「刀は結局、ぬかずじまい」だったし、妻はいつまでも彼の妻でありつづけたのである。

このようにして、「村を逐われてゆく」啄木はつねに被害者として自らを扱っている。そこには自己肯定の情熱だけが暗く息づいている。妻から「家」＝「村落」といった構図が、ついに国家＝天皇制というかたちに展開してゆくのには長い時間がかかっている。彼にとってつねに自分だけが問題だったのである。

（「故郷の啄木」）

寺山は、啄木個人が抱える衝動が、たとえ被害者面したものであっても、それが文字通り「家出」という「一つの行動」に賭けられたことを寿《ことほ》ごうとする。寺山は言う、「中央集権国家によって疎外された農村の暗黒面（渋民村での啄木の家は農家ではなかったが）を行動によって超克し内的に統一しようとした啄木に好意をもつ」と。

かくして、『家出のすすめ』においても、「地方の若者たちはすべて家出すべきです」と挑発をやめない寺山は、「家」＝「閉鎖的なふるさと社会」を飛び出すことから始めてみよう、と読者に呼びかけ、そして、たとえば室生犀星の「ふるさとは遠きにありて想ふもの」という詩句を参照し、「詩とは本来、そんな行動のあとのこころのこりを潤すもの」と断じるのであった。

W村上の「家出のすすめ」

故郷からの物理的距離を持って「望郷の歌」をうたおうとする寺山修司や、あるいは、故郷への「空間的な旅」を繰り返す大江健三郎の文学的想像力は、興味深いことに、アメリカ合衆国本土における「ポップ」の発生・爛熟とほとんど時期を同じくしている。アメリカにおいて、第二次世界大戦後すぐに訪れた、一九五〇年代のスクエアな空気は、その反動として、ジャズ文化を中心とする黒人文化にインスパイアされたビートジェネレーシヨンを生み、その一世代後に、コマーシャリズムを自家薬籠中《じかやくろうちゅう》のものとしたポップアーティストたちの創作態度を世界に発信し、同時に、ラブとピースとマリファナをまとった、自然回帰志向の強いヒッピー文化を育てた。

同一時間内にありながら、別空間で育てられた「現代日本」と「現代アメリカ」の関係は、一九七〇年代半ばを過ぎて、「地方と中央」という伝統的な日本の対立構造に、奇妙なねじれを加えることとなる。その一例が、村上龍の初期作品の世界であり、そこでは、アメリカへの文化的近さという点において、基地周辺の「田舎」は「都会」に対して、初めて優位に立つことを許されたのだ。つまり、一九七〇年代半ばから八〇年代半ばにかけて、「ポップなアメリカ」という新たな変数を加えられた日本の「地方と中央」は、再度「コペルニクス的転回」を迫られることとなったのである。

以後、イメージ化され、ノスタルジア化された「アメリカ」を内側に抱え込んだ「現代日本」は、一九八〇年代、日本企業の積極的な世界進出を受けて、アメリカよりも強い日本という、さらなる肥大した幻想に身を投じるようになった。それはまさに、村上隆が言うところの「かつてのアメリカがＰＯＰを発現させた時のような経済の狂乱」であり、その狂乱が終わった一九九〇年代には、ねじれも対立もおしなべてフラットな、コンビニ的なぜゼロ格差の「へたれた社会」が現れた。

二〇〇〇年代の初頭に至っては、一九九五年の『新世紀エヴァンゲリオン』の影響を強く受けた世代による、「セカイ系」と呼ばれる一連のアニメ作品やラノベ作品が、「セカイと自分たち」といった、その間にあるべき「社会」を欠落させた関係図を提示してみせたが、これはまさしく、若者文化における一連の「家出」が最終形態を迎えたかのようだった。

このとき、そうした若者たちをみずからのノスタルジアとともに眺めやる五十代間近の村上龍が、『希望の国のエクソダス』というタイトルの小説を発表したのは故なきことではなかった。なぜなら、「出エジプト」を原義とするエクソダスとは、「故国を捨て、国外に脱出すること」を意味しており、それはまさに、村上龍版の『家出のすすめ』を含意するものであったからだ。

しかし、かつての寺山が本気で家出を勧めたのに対し、二〇〇〇年の村上龍は、あくまでもメタファーとしての中学生に家出を勧めていた。このことは、二〇〇二年に発表された村上春樹の長篇『海辺のカフカ』が、やはり「十五歳の少年の家出」を描いていたこととも通じているのだろう。というのも、「世界でいちばんタフな15歳」をめざした少年カフカは、あくまでもポスト冷戦時代をリアルと思えない春樹ワールドの主人公であり、そのたった一人の「中学生」は、村上龍の描いた「八十万人の中学生」と同じように、一九七〇年代から八〇年代を駆け抜けたベストセラー作家たちのノスタルジアから産み落とされた、現実の中学生に対応しない反体制のメタファーに他ならなかったからだ。

そうしたW村上の夢想する「中学生」を尻目に、ラノベ作家たちは、みずからのノスタルジアの中で、独自の空間構造を持った「現代日本」を描き出してきたはずなのだが、はたして、「かつてのオタク／現在はフツー」という精神的かつ時間的対立構造を基本とする「ぼっち」たちに、家出するほどの「家」は残されていたのだろうか？

消える家、崩れる家――『変態王子と笑わない猫。』

ぼくの家がない。

まず事実を受けとめるまでに、二十分ぐらいかかった。

その事実を受け入れることは、さらに二十分たってもできなかったけども。

横寺家の周辺は筒隠家のそれとは異なり、無機質で無個性な分譲住宅地となっている。一定方向に立ち並んだ同じ形、同じ広さの狭苦しい一軒家。押せば順繰りに倒れていきそうだから『ドミノ』と揶揄《やゆ》されることもある。きっと住んでいる人もぼくらと同じような家族構成、ライフスタイルなんだろう。

そのドミノの終点、バス停から一番遠い角地にぼくの家が建っている。

——建っていた、はずなのに。

あるべき場所は更地だった。


さながら総《そう》の一風変わった「ぼっち」小説、『変態王子と笑わない猫。』（二〇一〇年－）からの引用だ。第六回MF文庫Jライトノベル新人賞最優秀賞を獲得した本作は、巻数を重ねるごとに、ラノベ的想像力とは何か、という核心に迫っていく。

右の引用は、同シリーズの第二巻からのものだが、ここでは、「変態王子」の異名を持つ主人公・横寺陽人《よこでらようと》の自宅が、じつにあっけなく消失している。その事実を受けとめきれない横寺は、ただちに幼なじみのポン太に電話をかけるのだが、その返答はあまりにツレないものだった。

「おおう、どうしたってんだ変態王子。なに、家がねえ？　そいつぁ恐れ入谷《いりや》の鬼子母《きしも》神《じん》、びっくり下谷《したや》の広徳寺。ちょうどおれも家のないアフリカの子どものために募金活動してる最中だからよ、またな。気が向いたらおまえさんも清き浄財をよろしく頼むぜ」

流れるような流れ作業で電話を切られた。

微塵《みじん》も信用してくれなかった。火星人の家なき子とコンタクトに成功したって言ったほうがまだ駆けつけてくれたかもしれない。

（『変態王子と笑わない猫。』）

それは、たわいもない男子高校生の言葉の応酬だ。けれども、彼らの掛けあい漫才を支えているのは、「家のないアフリカの子ども」のリアリティが「無個性な分譲住宅の消失」のそれと天秤にかけられうるものだ、という共通の感覚である。

もちろん、「ちょうどおれも……」と話を合わせるポン太の真意は、友人の非現実的な相談をはなから信用していないというアピールにある。一見するとそれは、「無個性な分譲住宅の消失」と「家のないアフリカの子ども」が、ポン太にとっては、ともに「非現実」な事象であるかのように思えてしまう。

　けれども、対する横寺の「火星人の家なき子とコンタクトに成功したって言ったほうがまだ駆けつけてくれたかもしれない」という独白は、「無個性な分譲住宅の消失」という非現実が、「家のないアフリカの子ども」という現実に比べて、格段におもしろみに欠けるという価値基準をポン太が持っている、ということを示唆している。

　つまり、右のやりとりで真に天秤にかけられているのは、「家のないアフリカの子ども」と「火星人の家なき子」という現実対非現実の組み合わせであって、横寺の家の消失という中途半端な現象は、それ自体、語るに値しないのである。

　肝心の横寺にしても、その気持ちは同じであるようで、最後に電話をかけた後輩の筒隠《つつかくし》月子《つきこ》に「今夜はわたしの家に泊まるですか」と思わせぶりな言葉をかけられ、もはや自宅の消失などどうでもいいというように、これから始まる「人生の一大事」に思いを馳せるのだった。


　横寺家から筒隠家へは、バスをふたつ乗り継ぐことになる。まず高校行きのバスに乗って、それから一本杉の丘行きのバスに乗り換える。

この路線を行き来するのは今日だけで三度目だった。筒隠を送り、帰り、それから今。右往左往でめんどくさいな——とは、道中ちっとも思わなかった。

だって人生の一大事なんだよ。

『今夜はわたしの家に泊まるですか』と筒隠は言った。

今夜、だ。その一語だけでぼくの妄想が叙事詩のごとく掻き立てられる。

かくして、月子とその姉が二人で暮らす筒隠家に泊まった横寺は、その後、すべての原因は筒隠月子の、横寺先輩の家が近くにあって欲しいという、猫神への祈りにあったことを知る。それは、想いを寄せる異性との関係進展のためならば「世界」が崩壊しても構わないというハルヒ的、あるいはセカイ系的な展開であり、少女の妄想が引き起こすご都合主義的な悪夢というプロットは、その原型を、押井守による映画『うる星やつら2』(一九八四年)にまで遡《さかのぼ》ることができる。

けれども、『変態王子と笑わない猫。』において、そうした少女の「純愛」は本質的な問題とされていない。横寺に負けず劣らず「ぼっち」である月子にとって、そもそも「世界」は自分抜きでも確実に動いているものであり、そのリアリティとは、言うなれば、

「家のないアフリカの子ども」たちの視点に立てば、この現代日本に暮らす自分たちはいないも同然である、といった醒めた現実感覚に支えられている。横寺にとっても、月子にとっても、この「世界」はあくまでも複数の座標系により成り立つものであり、その上に置かれた一つの座標点である「個」は、相手の点との距離によってのみ、自分の立ち位置を逆算することが可能となる。

月子にしてみれば（あるいは、彼女の祈りを聞き届けた猫神にしてみれば）、横寺の「自宅」は、まさにその動かざる座標点であり、みずからの寂しさを解消するためには、何を置いてもその「点」そのものを彼女自身の自宅に引き寄せることが手っ取り早いとされたのだろう。

横寺の家と違い、広大な屋敷に姉とふたりで暮らす月子の強烈な不安は、ある種の祈りとなって、横寺の家を筒隠家の土蔵に召喚した挙句、局地的な台風を呼び寄せ、今度は、筒隠家の大きすぎる家屋もろとも瓦解《がかい》させてしまおうとする。こうしたストーリー展開からうかがい知れるのは、月子の祈りの真意とは、あるいは、姉以外の誰も帰ってこない自宅を世界の座標系から消滅させることにあったのかもしれないという、あまりに切ない可能性であった。

思い出のない人間の思い入れほど、残酷なものはない

「望郷の歌をうたうことができるのは、故郷を捨てた者だけである」——。

寺山修司の言葉とは裏腹に、『変態王子と笑わない猫。』の主人公たちには、故郷＝家を捨てることはかなわない。もちろん、彼らにだって家を「出ること」は出来るかもしれないけれど、それはただ、家と自分との距離が広がるだけのことであり、「捨てる」ことにはならないのだ。

ならば、彼らはノスタルジアに浸ることもできないのだろうか、と問うてみるとき、いやそれは違うだろうと、いま一人の「ぼっち」たる横寺青年は答えてみせる。

「……君は、もしかして——」

——家族に、戻ってきてほしいのか。

そう問いかけるより前に、小さな身体《からだ》がゆっくりと寄りかかってきた。

「……つんつるてん、ですね」

「つ、筒隠……？」

ぼくに——ぼくの着ているジャージに顔を埋めて、くぐもった声を漏らす。預けられた体重は、羽根のように軽い。

「昔、はるか昔、母がわたしにジャージを着せてくれたことがあったです。その頃にはもう父はいなかったですが、これが父さんの匂いなんだ、という気がしたです」

筒隠の十本の指がぼくのジャージをやわらかくつかんでいる。親を知らない捨て猫のようにすんすんと鼻を鳴らして、甘えた息を吐きだした。

「わたしには父の思い出がないので、姉さんみたいに美化することはできないですけれど」

そのお題目はさっきも聞いた。筒隠つくしとは想いの強さが違うんだ、と。

……うそばっかりだ。

思い出のない人が思い出のある人よりも思い入れがないだなんて、そんなことがあってたまるか。

なんというか——すごく、残酷な話だ。

お姉さんはふたりだけでもなんとか家族たろうとしていたけれど、

妹のほうはふたりだけではぜんぜん家族が足りなかったんだから。

筒隠月子は、ずっと淋しかったんだ。

（『変態王子と笑わない猫。』）

「家」という点は、それが揺らがぬ座標点であるがゆえに、空間のみを保存して、その中をひたすらに時間が流れていくことを許してしまう。家に帰り続けるという彼らの選択は、だから、自分の努力にもかかわらず損なわれ失われていく家族や家財と向き合い続けることを意味している。

「わたしの家は大変なのです。掃除するたびに思います。いえ、毎日、朝起きて夜眠るまで思います。お風呂は広すぎて、お手洗いは暗すぎて、廊下は長すぎて、使わない部屋がいっぱい。わたしだけが人のいない家で、わたしがここにいることを知っているのです。それならわたしがどこかに消えても、きっとだれも気づかない。そんなことばかり考えて暮らすのはいやだと思わないですか」

空間的に故郷を「捨てる」ことよりも、時間的に故郷を「失っていく」ことの方が辛い場合もある。ましてや、月子のように、失われる以前を知らない者にとっては、家を維持することは、ただ「失われた」という事実だけを受けとめることを意味する。

ラノベのなかの「ぼっち」たちにとって、ノスタルジアは積極的な精神の動きでなく、どこまでも受動的なものだ。終戦以来、幾度もの断絶を抱え込んできた「現代日本」という名のノスタルジアの果てで、思い出のない人間の思い入れほど残酷なものはないという横寺青年の洞察は、ラノベという現代の「望郷の歌」の切実さを、どこまでも物語ってやまない。

だからこそ、横寺青年は、「この世界《いえ》を守るヒーローになるのは、ぼくの役目じゃない」とオタク的なヒーロー像をかなぐり捨て、それればかりか、「ぼくは君の家族にはなれない」とさえ宣告する。

月子の耳元で、彼はささやく。

ぼくらは同じ世界のすぐそばにいる。

夏雨の降りしきる非常階段の下で、夕立に濡れる市営バスの座席で、そう確信した。

だけどそれは、百パーセント同じ座標で同じ目線で同じ風景を見て暮らすという意味じゃない。そんなのは不可能だ。ぼくらは同じ世界のすぐそばで、決して重なり合わずに、たまに寄り添うようにして生きているのだ。

同じ世界に居続けながら、決して重なり合うことのない座標点たち。自分にとっての「今」と「ここ」は、誰かにとっての「いつか」と「どこか」でしかないという、その諦めにも似た世界の相対化は、「家」という概念に絶対的な思いを抱くことを彼ら自身に許さない。

横寺陽人にしろ、筒隠月子にしろ、結局のところ、「家」は出るものでも留《とど》まるものでもないのだろう。それはただ、自分たちの日常をマッピングする上できわめて有用性の高い基点なのだ。だからこそ、一個の「ぼっち」として点のように存在するラノベ男子の日常を、みずからの「ぼっち」な日常に巻き込もうとしたラノベ女子は、彼自身を家出させるのではなく、彼の「家」そのものを「家出」させるしかなかったのである。

参考文献

東浩紀『動物化するポストモダン――オタクから見た日本社会』（講談社現代新書、二〇〇一年）
東浩紀『ゲーム的リアリズムの誕生――動物化するポストモダン2』（講談社現代新書、二〇〇七年）
有川浩『三匹のおっさん』（文藝春秋、二〇〇九年）
有川浩『図書館戦争』（メディアワークス、二〇〇六年）
有川浩『フリーター、家を買う。』（幻冬舎、二〇〇九年）
飯田一史『ベストセラー・ライトノベルのしくみ――キャラクター小説の競争戦略』（青土社、二〇一二年）
一柳廣孝・久米依子編著『ライトノベル研究序説』（青弓社、二〇〇九年）
入間人間『ぼっちーズ』（アスキー・メディアワークス、二〇一〇年）
冲方丁『新装版　冲方丁のライトノベルの書き方講座』（このライトノベルがすごい！文庫、二〇一一年）
榎本秋『ライトノベル文学論』（ＮＴＴ出版、二〇〇八年）
大江健三郎『万延元年のフットボール』（講談社文芸文庫、一九八八年）
岡田斗司夫『オタクはすでに死んでいる』（新潮新書、二〇〇八年）
かじいたかし『僕の妹は漢字が読める』（ＨＪ文庫、二〇一二年－）
川野里子「少女言葉の絶壁―穂村弘論」（「歌壇」二〇〇二年七月号、http://kawano-satoko.com/ja/317/）
川端康成『美しい日本の私――その序説』（講談社現代新書、一九六九年）
岸杯也『しゅらばら！』（ＭＦ文庫Ｊ、二〇一一年－）
斉藤斎藤『歌集　渡辺のわたし』（ＢｏｏｋＰａｒｋ、二〇〇四年）
さがら総『変態王子と笑わない猫。』（ＭＦ文庫Ｊ、二〇一〇年－）

至道流星『大日本サムライガール』（星海社、二〇一二年－）
至道流星『羽月莉音の帝国』（ガガガ文庫、二〇一〇－一二年）
新城カズマ『ライトノベル「超」入門』（ソフトバンク新書、二〇〇六年）
滝本竜彦『ネガティブハッピー・チェーンソーエッヂ』（角川文庫、二〇〇四年）
谷川流『涼宮ハルヒの憂鬱』（角川スニーカー文庫、二〇〇三年）
寺山修司『家出のすすめ』（角川文庫、一九七二年）
寺山修司「故郷の啄木」（『啄木を読む――思想への望郷・文学篇』所収、ハルキ文庫、二〇〇〇年）
中平卓馬『なぜ、植物図鑑か――中平卓馬映像論集』（ちくま学芸文庫、二〇〇七年）
西尾維新『クビキリサイクル　青色サヴァンと戯言遣い』（講談社ノベルス、二〇〇二年）
西尾維新「新刊速報&メッセージ：西尾維新さん」（「講談社メールマガジン」、二〇一一年十二月十五日）
波戸岡景太『コンテンツ批評に未来はあるか』（水声社、二〇一一年）
平坂読『僕は友達が少ない』（ＭＦ文庫Ｊ、二〇〇九年－）
平坂読『ラノベ部』（ＭＦ文庫Ｊ、二〇〇八－〇九年）
星新一『きまぐれ遊歩道』（新潮社、一九九〇年）
穂村弘『シンジケート』（沖積舎、一九九〇年）
穂村弘『世界音痴』（小学館文庫、二〇〇九年）
穂村弘『もうおうちへかえりましょう』（小学館文庫、二〇一〇年）
穂村弘『短歌の友人』（河出書房新社、二〇〇七年）
まつもとあつし「村上龍に聞く、震災と希望と電子書籍の未来」（「ITmedia eBook USER」http://ebook.itmedia.co.jp/　二〇一一年七月二十五、二十七日）
見田宗介「新しい望郷の歌」（『定本　見田宗介著作集』第Ⅵ巻所収、岩波書店、二〇一一年）
宮台真司『終わりなき日常を生きろ――オウム完全克服マニュアル』（ちくま文庫、一九九八年）

村上隆編著『リトルボーイ――爆発する日本のサブカルチャー・アート』（ジャパン・ソサエティー イェール大学出版、二〇〇五年）
村上春樹『1973年のピンボール』（講談社文庫、二〇〇四年）
村上春樹『1Q84』BOOK 1-3（新潮社、二〇〇九-一〇年）
村上春樹『海辺のカフカ』上・下（新潮文庫、二〇〇五年）
村上春樹『ダンス・ダンス・ダンス』上・下（講談社文庫、二〇〇四年）
村上春樹『'THE SCRAP'――懐かしの一九八〇年代』（文藝春秋、一九八七年）
村上春樹「インタビュー――村上春樹、『1Q84』で描くポスト冷戦の世界」（「朝日新聞デジタル」http://www.asahi.com/showbiz/enews/RTR200911240049.html'、二〇〇九年十一月二十五日）
村上龍『新装版　限りなく透明に近いブルー』（講談社文庫、二〇〇九年）
村上龍『希望の国のエクソダス』（文春文庫、二〇〇二年）
村上龍『69 sixty nine』（文春文庫、二〇〇七年）
村上龍『ポップアートのある部屋』（講談社文庫、一九八九年）
村上龍『ラブ&ポップ』（幻冬舎文庫、一九九七年）
村上龍「危機的状況の中の希望」（「タイムアウト東京」http://www.timeout.jp/ja/tokyo/feature/2581'、二〇一一年三月十八日）
山中智省『ライトノベルよ、どこへいく――一九八〇年代からゼロ年代まで』（青弓社、二〇一〇年）
裕時悠示『俺の彼女と幼なじみが修羅場すぎる』（GA文庫、二〇一一年-）
横溝正史『犬神家の一族』（角川文庫、一九七二年）
横溝正史『八つ墓村』（角川文庫、一九七一年）
四方田犬彦「帰郷の苦悶」（今福龍太、沼野充義、四方田犬彦編　世界文学のフロンティア4『ノスタルジア』所収、岩波書店、一九九六年）

渡航『やはり俺の青春ラブコメはまちがっている。』(ガガガ文庫、二〇一一年–)
Boym, Svetlana. *The Future of Nostalgia*. New York: Basic Books, 2001.
Warhol, Andy, and Pat Hackett. *Popism: The Warhol Sixties*. London: Penguin, 2007.

あとがき　ラノベを知らない子どもたちへ

私は本書で、ライトノベルという文芸ジャンルが浮かび上がらせる、昭和と平成の「断絶」を観察し、その意味するところを論じてきた。この、一見すると便宜的な区分に過ぎない昭和と平成という年号の違いは、実質的にはバブル経済崩壊の以前・以後であり、オタクの大衆化以前・以後であり、冷戦構造崩壊の以前・以後であった。そして、本書が中心的に扱ってきた、二〇〇〇年代半ばから二〇一〇年代初頭にかけて書かれたライトノベルはいずれも、バブル以後、オタク以後、そして冷戦以後に広がる「現代日本」というものが、ひそかに、けれども確実に枝分かれをしていく地点を示すものだった。

「ポップ」から「ぼっち」へ。本書が掲げたテーマは、そうした文化史的な分岐点の一つを分かりやすく私たちに教えてくれる。もちろん、それはあくまでも「枝分かれ」という現象に過ぎないため、「ぼっち」を選んだ若者文化の先に、二十世紀後半の若者文化を凌駕《りようが》するような未来が待っているとは断言できない。そういう意味では、本書は、ライトノベル業界の将来を占ったり、今後の新しい文芸スタイルを先取りしたり、次世代の若者たちの生を予測したりするものではないのだろう。

　では、本書の読みどころとは何かと言えば、それは、個々人が抱えている「現代」というものを、過去の世代と未来の世代の両方から挟み撃ちにすることによって浮かび上がらせるという、いささかアクロバティックな試みにこそ求められる。

　本書の考える「現代」とは、あくまでも、誰かのノスタルジアの産物として観測可能な事象だ。そして、「かつて『ポップ』というものが機能不全に陥り、代わりに、『ぼっち』というものを核とする若者文化が局所的に流行した」という本書の議論は、未来を生きる「大人」たちのノスタルジアの在り方——すなわち、未来の彼らが抱える「現代」というもののイメージを、かなりの精度で予見しているはずだと私は思う。

　ラノベ世代が「大人」になるとき——。それは、彼らがライトノベルというものをノスタルジックに回想するときであり、同時に、彼らの周りにはすでに、ラノベを知らない子どもたちが新しい若者文化を立ち上げているときである。

　ラノベを知らない大人たちから、ラノベを知らない子どもたちへ。そうした、今世紀のより大きな「現代日本」の更新と変容を考えるとき、現在では「断絶」としか思えないラノベ世代の思想も、ひとつの架け橋として再考に値するときが来る。

つまり、ラノベを知らない現在の大人たちに向けて書かれた本書は、ラノベを知らない未来の子どもたちにも開かれた、試みとしての現代日本文化論なのである。

＊

本書が構想され、執筆され、そして刊行されるまでには、たくさんの方々のご教導とご恩情を賜《たまわ》った。

まず、私の所属する明治大学理工学部総合文化教室の先生方には、本書の核となるノスタルジア論をめぐって、さまざまなかたちでご助言をいただいた。篤く御礼申し上げたい。なかでも、菊池良生先生には、今回の出版に関してたいへんなお力添えを賜った。ここに記して深謝申し上げる。

慶應義塾大学の巽孝之先生、青山学院大学の折島正司先生には、学生の頃より変わらぬご指導と励ましをいただいた。心より御礼申し上げたく思う。

また、私と一緒にラノベや現代小説を読み、思いがけない感想や、まったく新しい情報をもたらしてくれた学生の皆さんにも、ありがとうと言いたい。

本書は書き下ろしであるが、「東京新聞」にて二〇一二年より連載のコラム「ラノベのすゝめ――コンテンツ批評」とも連動している。さらに、ノスタルジアを鍵として現代文化を読解するという試みは、拙著『コンテンツ批評に未来はあるか』(二〇一一年)以来のものである。東京新聞の田島力氏、および、水声社の下平尾直氏には、深く謝意を表したい。

そして、講談社現代新書の田中浩史氏には、本書の企画が固まる以前より、およそ三年間にわたって私の話に耳を傾けていただき、新書を書くということの意味を教えていただいた。心より感謝申し上げる。

最後に、「今ここ」をともに生きる私の家族に、本書を捧げる。

波戸岡景太

二〇一三年初夏

N.D.C. 091　185p　18cm
ISBN978-4-06-288213-2

講談社現代新書　2213
ラノベのなかの現代日本《げんだいにほん》――ポップ／ぼっち／ノスタルジア
二〇一三年六月二〇日第一刷発行

著者　波戸岡景太《はとおかけいた》　© Keita Hatooka 2013
発行者　鈴木　哲
発行所　株式会社講談社
東京都文京区音羽二丁目一二―二一　郵便番号一一二―八〇〇一
電話　出版部　〇三―五三九五―三五二一
販売部　〇三―五三九五―五八一七
業務部　〇三―五三九五―三六一五
装幀者　中島英樹
印刷所　凸版印刷株式会社
製本所　株式会社大進堂
定価はカバーに表示してあります　Printed in Japan

「講談社現代新書」の刊行にあたって

教養は万人が身をもって養い創造すべきものであって、一部の専門家の占有物として、ただ一方的に人々の手もとに配布され伝達されうるものではありません。

しかし、不幸にしてわが国の現状では、教養の重要な養いとなるべき書物は、ほとんど講壇からの天下りや単なる解説に終始し、知識技術を真剣に希求する青少年・学生・一般民衆の根本的な疑問や興味は、けっして十分に答えられ、解きほぐされ、手引きされることがありません。万人の内奥から発した真正の教養への芽ばえが、こうして放置され、むなしく滅びさる運命にゆだねられているのです。

このことは、中・高校だけで教育をおわる人々の成長をはばんでいるだけでなく、大学に進んだり、インテリと目されたりする人々の精神力の健康さえもむしばみ、わが国の文化の実質をまことに脆弱なものにしています。単なる博識以上の根強い思索力・判断力、および確かな技術にささえられた教養を必要とする日本の将来にとって、これは真剣に憂慮されなければならない事態であるといわなければなりません。

わたしたちの「講談社現代新書」は、この事態の克服を意図して計画されたものです。これによってわたしたちは、講壇からの天下りでもなく、単なる解説書でもない、もっぱら万人の魂に生ずる初発的かつ根本的な問題をとらえ、掘り起こし、手引きし、しかも最新の知識への展望を万人に確立させる書物を、新しく世の中に送り出したいと念願しています。

わたしたちは、創業以来民衆を対象とする啓蒙の仕事に専心してきた講談社にとって、これこそもっともふさわしい課題であり、伝統ある出版社としての義務でもあると考えているのです。

一九六四年四月　野間省一

日本史

369 地図の歴史(日本篇)——織田武雄
1258 身分差別社会の真実——斎藤洋一 大石慎三郎
1265 七三一部隊——常石敬一
1292 日光東照宮の謎——高藤晴俊
1322 藤原氏千年——朧谷寿
1379 白村江——遠山美都男
1394 参勤交代——山本博文
1414 謎とき日本近現代史——野島博之
1599 戦争の日本近現代史——加藤陽子
1648 天皇と日本の起源——遠山美都男
1680 鉄道ひとつばなし——原武史
1685 謎とき本能寺の変——藤田達生
1707 参謀本部と陸軍大学校——黒野耐
1797 「特攻」と日本人——保阪正康
1885 鉄道ひとつばなし2——原武史
1911 枢密院議長の日記——佐野眞一
1918 日本人はなぜキツネにだまされなくなったのか——内山節
1924 東京裁判——日暮吉延
1971 歴史と外交——東郷和彦
1982 皇軍兵士の日常生活——一ノ瀬俊也
1986 日清戦争——佐谷眞木人
2031 明治維新 1858-1881——坂野潤治 大野健一
2040 中世を道から読む——齋藤慎一
2051 岩崎彌太郎——伊井直行
2072 「戦後」を点検する——保阪正康 半藤一利
2089 占いと中世人——菅原正子
2095 鉄道ひとつばなし3——原武史
2098 戦前昭和の社会——井上寿一
2102 宣教師ニコライとその時代——中村健之介
2106 戦国誕生——渡邊大門
2109 「神道」の虚像と実像——井上寛司
2131 池田屋事件の研究——中村武生
2152 鉄道と国家——小牟田哲彦
2154 邪馬台国をとらえなおす——大塚初重
2190 戦前日本の安全保障——川田稔
2192 江戸の小判ゲーム——山室恭子
2196 藤原道長の日常生活——倉本一宏
2202 西郷隆盛と明治維新——坂野潤治

文学

趣味・芸術・スポーツ